Dan Lungu
Das Hühnerparadies

Dan Lungu

Das Hühnerparadies

Ein falscher Roman
aus Gerüchten
und Geheimnissen

Aus dem Rumänischen
von Aranca Munteanu

Residenz Verlag

Bibliografische Information der Deutschen Bibliothek
Die Deutsche Bibliothek verzeichnet diese Publikation in der Deutschen Nationalbibliografie; detaillierte bibliografische Daten sind im Internet über http://dnb.ddb.de abrufbar.

www.residenzverlag.at

Umschlagbild und -gestaltung: Simone Buder
Typografische Gestaltung, Satz: wolf, www.typic.at
Lektorat: Angela Praesent
Gesamtherstellung: CPI Moravia Books

ISBN 978-3-7017-1483-4

Mit freundlicher Unterstützung von KulturKontakt Austria und dem Rumänischen Kulturinstitut.

Erstes Kapitel

– in dem sich Frau Milica Zugang zum Haus des Oberst verschafft, das Fräulein Veronica Geambaşu Besitzerin eines »unehelichen Embryos« wird und in Relu Covalciucs Garten seltsame Dinge passieren

---

So lang die Strada Salcâmilor, die Akazienstraße, auch war, in nur einem halben Tag verbreitete sich die Nachricht über alle Höfe, ausgenommen zwei: den des Oberst, wie ihn die Leute nannten – der von einer Mauer aus Flussstein und glänzend schwarz gestrichenen eisernen Speeren bewacht wurde und den an hausfremden Personen nur der Postbote unbeschwert betrat –, und den Hof der Familie Socoliuc, wo man wegen der Frau, die seit längerer Zeit krank in der guten Stube lag, nur auf Zehenspitzen ging und im Flüsterton sprach, sodass dort alles erstarrt zu sein schien.

Ohne einen triftigen Grund, ein ernstes und dringendes Anliegen, traute sich keiner, am Tor des Oberst zu läuten, schon gar nicht, um ihm lediglich über ein Ereignis, es mochte noch so sensationell oder belustigend sein, zu berichten. Und das war zumindest merkwürdig, zumal der Oberst – ein eher kleiner Mann, mit Sahne an den Schläfen, wie er zu sagen pflegte – sich ganz gerne im »Zerknautschten Traktor« bei einem Glas Mineralwasser oder Fruchtsaft für ein

Viertelstündchen, auch zwanzig Minuten, mit den Nachbarn unterhielt. In sein Haus – das höchste in der Straße, mit Garage im Souterrain, zwei Etagen und einer Mansarde unter dem Dach aus so neuem Blech, dass es einen blendete, wenn man es vom Hügel aus betrachtete – war von allen Nachbarn einzig und allein Milica vorgedrungen, als sie händeringend, grün vor Sorge und unter ständigen Entschuldigungen darum gebeten hatte, von dort die Rettung anrufen zu dürfen, weil eines ihrer Kinder höllisch Fieber hatte. Dank dieses unvorhergesehenen Zwischenfalls erfuhr in einigen Stunden die ganze Straße Genaueres über das Innere des Hauses des Oberst: Im Flur schlitterst du über graue Steinfliesen mit weißen Adern wie Milchbäche, und wenn du stehen bleibst und genauer hinschaust, siehst du dein eigenes Gesicht darin, so wie man es in der Dämmerung im Teich gespiegelt sieht, das heißt, eher wie einen Schatten, und doch erkennst du, dass es dein eigenes Gesicht ist und nicht das von jemand anderem. Bis auf halber Höhe sind die Wände im Flur rundum mit gebeiztem Holz verkleidet, oben eine schwarze Leiste. Wenn du hereinkommst, sieht dich von irgendwo oben mit aufgerissenen Augen ein Hirschkopf an, sodass du einen irren Schreck bekommst, vielleicht hat ja der Oberst den Hirsch erlegt – das hatte der große Oberst ihr, Milica, natürlich nicht verraten, aber sie nahm es mal an –, und der Hirsch hat sooo ein Geweih (dabei streckte sie die Arme so weit aus, wie sie konnte und zog sie auch etwas nach hinten, wie es kleine Kinder tun, wenn sie von etwas ganz, ganz Großem reden) mit vielen, vielen Zweigen und Zweiglein, sodass man dazwischen eine Wäscheleine spannen könnte. Wenn du ins Wohnzimmer trittst, das so groß wie zwei, drei normale Zimmer ist, siehst du rundherum den größten Luxus und versinkst bis zu den Knöcheln im Teppich, so wie man im Winter im über Nacht gefallenen Schnee einsinkt, und wenn du den Fuß hebst, verschwindet die Spur sogleich, als ob nie ein Mensch über den Teppich gegangen wäre – daran sieht man die Qualität! Du kannst dich noch so gut umsehen, einen Jute- oder Fleckerlteppich findest du nicht.

Für drei, vier Tage, höchstens eine Woche, genoss Milica dank dieser unglaublichen Chance die volle Aufmerksamkeit der gesamten Akazienstraße. Die Nachricht von ihrem Glück hatte sich blitzschnell über das komplizierte, unsichtbare Netz verbreitet, das die Häuser in der Straße verband. Obwohl ihre detaillierte Beschreibung schon die Runde gemacht hatte, wünschte sich doch jeder Anwohner insgeheim, den Bericht direkt aus Milicas Mund zu hören, um das Haus des Oberst gleichsam mit eigenen Ohren zu sehen, ihre Mimik und Gestik studieren und die Nuancen ihrer Stimme abwägen zu können. So kam es, dass die glückliche Frau bald eingeladen wurde, hier eine Mehlspeise zu kosten oder dort ihre Meinung über eine Sarmale-Fleischmischung kundzutun; man bat sie um ein Konfitüre- oder Einlegegemüserezept, oder man borgte sich bei ihr, wie unter Nachbarn üblich, ein Ei, einen Löffel Essig oder eine Tasse Öl, alles passende Gelegenheiten, um direkt aus ihrem Mund vom Zauberteppich des Oberst erzählt zu bekommen, in dem man bis zum Knöchel versank und der, wenn man den Fuß anhob, ein Schmatzen von sich gab, ungefähr so wie ein Gummikorken, der aus einer Flasche gezogen wird – ein Teppich, den der Oberst zum Tag der Armee für seine Verdienste von Ceauşescu persönlich als Geschenk erhalten hatte. Milica war froh, ihre Arbeit stehen und liegen lassen zu können, um sich dorthin zu begeben, wo sie gebraucht wurde: sie half und beriet, sie lieh Geschirr, ein Päckchen Vanillezucker oder ihren Fleischwolf aus, denn es machte ihr Spaß, das alles immer wieder zu erzählen, verfolgt von mehreren wissbegierigen Augenpaaren, die nach Details über das Innere des Hauses des Oberst hungerten, und jedes Mal versuchte sie, sich an immer weitere Details zu erinnern, indem sie die unklaren Stellen der Bilder in ihrem Kopf durchforstete nach Dingen, die ihr wie im Traum erschienen, für deren Vorhandensein in dem Haus, das sie schließlich in großer Eile durchquert hatte, sie jedoch, ehrlich gesagt, nicht die Hand ins Feuer legen konnte. Sie hätte nicht sagen können, ob sie nicht ihrer Phantasie entsprungen waren oder ob sie sie nicht vielleicht auf Bilder in einem Film zurückgingen, die sie so beeindruckt hatten, dass sie in den weniger durchlüfteten Winkeln ihres Gedächtnisses haften geblieben waren. Doch die Augen sahen sie so fragend an, so begierig, etwas Neues zu erfahren, und sei es auch nur eine Winzigkeit oder etwas völlig Unwichtiges, das aber ihnen als den Ersten enthüllt würde; so flehentlich und zugleich bedrängend wurde Milica angesehen, dass sie ihr Gedächtnis jedes Mal, um die Nachbarn nicht zu enttäuschen, fieberhaft nach etwas durchstöberte, das sie noch nicht erzählt hatte. So war der Raum im Erdgeschoss immer größer, und die Wände bedeckten sich mit Gemälden, größeren und kleineren – alle sehr schöne Bilder, wie sie am Markt verkauft werden, mit Blumenvasen und Winterlandschaften darauf, mit Bären, die einen Baum umstoßen und Pferden, die auf den Hinterbeinen stehen. Gezählt hatte Milica sie nicht, aber es waren sicherlich mehr als sieben oder acht. Am besten erinnerte sie sich an eines davon, das eine Unmenge Leute darstellte, so wie in den Filmen von Sergiu Nicolaescu; einige lagen am Boden, wahrscheinlich vom Feind getötet, nur einer, eine Art Chef, ritt auf einem Pferd, hatte den Arm gehoben und schrie »Vorwärts, meine Tapferen!« An dieser Stelle der Erzählung hätte Matilda, die Schneiderin, die auf der anderen Straßenseite ein paar Häuser weiter wohnte, und die Milica eingeladen hatte, den Auflauf zu kosten, nur zu gern gefragt, woher sie wusste, was der Chef auf dem Pferd gerufen hatte, aber sie hatte nicht gewagt, sie zu unterbrechen, da sie Milica, Gott behüte, damit hätte verärgern können, worauf die sie womöglich hätte stehen lassen, bevor sie mit dem Erzählen fertig war. Ein anderes, kleineres Gemälde zeigte Bäume im Winter, und jedes Ästchen war von Reif bedeckt. Im Hintergrund waren ein Hügel und ein schneebedecktes Häuschen zu sehen, in dem Licht brannte. Kinder fuhren Schlitten auf dem Hügel. Vielleicht waren ihre eigenen auch dabei, aber das könne sie nicht sagen, denn ihre Gesichter waren nicht zu sehen. Alles war sehr gut gemalt, genau wie es im Winter ist, wahrscheinlich hatte das Bild ein Vermögen gekostet. Als sie es sich genauer angesehen hatte, war sie vor Kälte erschauert, und ihr Atem war sichtbar geworden. Milica erzählte und beobachtete dabei ihre Zuhörer genau. Wenn sie Dinge erzählte, die sie schon einmal erwähnt hatte, erlosch das Leuchten in den Augen, wie die Glut einer Zigarette, aus der man schon länger keinen Zug genommen hat. Manchmal lag ein Flehen in den Blicken, sodass sie nicht das Herz hatte, nicht auch von Dingen zu erzählen, die sie nicht so genau gesehen hatte, oder die vielleicht gar nicht so gewesen waren, wie sie es in Erinnerung hatte, oder die sie schlicht nicht gesehen hatte, die sich aber durchaus im Haus eines Oberst hätten befinden können; andere Male wiederum blickten die Augen sie richtig drohend an, wie zwei auf sie gerichtete gläserne Pistolen. Da saß sie ruhig auf dem Bett oder auf einem Stuhl, die Hände im Schoß, aber sie musste sich irgendwie wehren, indem sie nach neuen Details suchte, vielleicht auch übertrieb, wenn auch nicht sehr. Was es hätte geben können, dachte sie manchmal, ist schließlich nicht erlogen.

Sobald eine Neuigkeit der legitimen Quelle, nämlich Milicas Lippen, entflossen war, wurde sie mit großer Geschwindigkeit verbreitet, wobei sich keiner das Vergnügen nehmen lassen wollte, ein noch unbekanntes Detail hinzuzufügen, das man sich nur unter geduldigem Zuhören und gelangweiltem Gähnen erkämpfen konnte. Man ließ das allgemein Bekannte an sich vorüberfließen, lauerte mit halbwacher Aufmerksamkeit auf einen frischen Windhauch in der Erzählung und ergatterte irgendwann eine neue Kleinigkeit. Als Milicas Apostel konnte man danach von Haus zu Haus wandern, um dieses frische Detail zu verbreiten und bekam auf diese Weise ein klein wenig von der Bekanntheit der ersten-Person-aus-der-Akazienstraße-die-das-Haus-des-Oberst-betreten-hatte ab, was für die meisten Anwohner der besagten Straße keine geringe Angelegenheit war. So manche wurden zum eifrigen Apostel dieser glücklichen Frau, nur weil sie bei einer Nuance in der Erzählung die Ohren gespitzt hatten und danach ihre eigenen scharfsinnigen Annahmen mit der Gewissheit und dem Stolz des Auserwählten als Milicas Worte weitergeben konnten.

So kam es, dass nur eine knappe Woche später das Haus des Oberst kaum mehr zu erkennen war. Gleich im Flur trat man auf einen dermaßen glatten Boden, dass man Gefahr lief, sich den Hals zu brechen, wenn man sich nicht an den Wänden abstützte, denn dieser Boden bestand aus einem sehr widerstandsfähigen Glas, durch welches man das Auto in der Garage, die sich darunter befand, sehen konnte. Der verdammte Oberst hatte diesen Boden nur, um sich den Wächter zu sparen. Einen Wächter natürlich, der aus der Akazienstraße hätte stammen können, wo es ja genügend Leute gab, die keine Arbeit hatten. Wer hätte gedacht, dass der Oberst ein solcher Geizhals ist! Die bis zur Decke reichende Holztäfelung der Wände ist von Meistern geschnitzt, die eigens dafür aus Maramureş geholt worden waren, und die Ornamente sind denen in der Drei-Hierarchen-Kirche in Iaşi nachempfunden – natürlich auf Betreiben der Gattin hin, die eine gottesfürchtige Frau ist. Über der Tür zum Wohnzimmer hängt ein Elchkopf mit derart furchterregendem Blick, dass man, wenn man ihm als Schwangere in die

Augen schaut, auf der Stelle eine Fehlgeburt erleiden kann, und dass einem, wenn man nicht schwanger ist, andere Ungeheuerlichkeiten passieren können, Lähmungen nicht ausgeschlossen. Das Geweih des Elchs ist so ausladend, dass die Arbeiter es zuerst erhitzen und nach den Maßen des Zimmers zurechtbiegen mussten, bevor sie es überhaupt hereinschaffen konnten. Das Geweih war in einem der großen Kessel gekocht worden, die zur Küche der Einheit gehören, bei der der Oberst früher gedient hatte. Drei Tage danach hatte das Essen dort merkwürdig geschmeckt, aber die armen Soldaten konnten ja nicht wissen, wieso. Der Teppich im Wohnzimmer ist knietief wie Seehafer, und trotzdem geht es sich darauf so leicht, als ob man übers Wasser ginge. An den Wänden lauter Gemälde! Gemälde, die im zweiten Weltkrieg von den Deutschen gestohlen und von der Armee zurückerobert worden waren, nur dass sie dann nicht mehr an ihren Platz zurückfanden, sondern unter den Offizieren brüderlich aufgeteilt wurden. In die obere Etage hatte man die arme Milica gar nicht hinaufgelassen, damit sie keinen Schreck bekäme: Dort fing der Luxus erst richtig an – lauter Dinge, die sie sich nicht einmal im Traum vorstellen konnten.

Etwa zehn Tage nach dem Ereignis, das Milica in das Zentrum der Aufmerksamkeit katapultiert hatte, erlosch die Flamme des Interesses plötzlich und ohne ersichtlichen Grund. Vergeblich versuchte sie, die Nachbarn mit neuen Enthüllungen zu locken, manche davon in Momenten des Zorns und der Ohnmacht erfunden; doch das Innere des riesigen Hauses, das dem Oberst gehörte, interessierte niemanden mehr.

Seit neuestem munkelte man, die älteste Tochter der Geambaşu-Familie sei schwanger, und – es war die Höhe! – man wusste rein gar nichts über den Vater. Wie durch Zauberhand nahm die Zahl der Nachbarinnen, die ganz dringend ein wenig Vanillezucker oder Öl benötigten, die Milicas Kochkünste schätzten oder ihr bewährtes Geschmacksurteil suchten, dramatisch ab. Fast über Nacht wurde sie zu einer gewöhnlichen Nachbarin. Mehr noch, Herr Petrică, der langsam, aber weise redete, hatte im »Zerknautschten Traktor« Milicas Geschichte von allen Seiten betrachtet, so wie nur er das vermochte: Man musste ihm zunächst einfach recht geben, auch wenn man zu Hause, nach nochmaliger Überlegung, auf Denkfehler seinerseits stieß. Er hatte es so gedreht, dass alle in der Kneipe über die arme Milica nur lachen konnten. Herr Petrică war ein sonderbarer Mensch. Obwohl so beleibt, dass er drei große Bier schneller leerte als man sie zählen konnte, war er doch gelenkig wie eine Eidechse; obwohl er sich elegant ausdrückte, konnte er sehr bissig sein; obwohl er ruhig sprach, konnte er schnell zornig werden – und dann wurde er lächerlich, denn mit zornentbranntem Blick sagte er etwas ganz Ruhiges, wie in einem schlecht synchronisierten Film. Manche meinten, diese Sonderbarkeit sei einigen Transsylvaniern unter seinen Ahnen zu verdanken, andere wiederum, seine »Drüsen« seien schuld daran. Eines Abends, kurz nachdem das Haus des Oberst nicht einmal im »Haus des Volkes« Platz gefunden hätte, begann Herr Petrică nach dem dritten Bier, das *Problem* in allen Einzelheiten und von allen Seiten zu beleuchten, wie bei den »Enthüllungssitzungen« von früher (Papa Hrib). Er fand, dass Milica das Telefon der Familien Geambaşu oder Stegaru hätte in Anspruch nehmen können, beides alteingesessene Familien in der Straße, die bereits so manches Mal in Notfällen ihr Telefon zur Verfügung gestellt hatten. Dabei führte er als Beispiel die Ohnmacht der Frau Matilda, der Schneiderin, oder den Epilepsie-Anfall des jüngsten Stefanov-Sohnes an und folgerte daraus, dass Milica gar nicht zwingend zum Oberst hätte gehen müssen, weil es einfachere Lösungen gab. Warum hatte sie also die schwierigere gewählt? Sie hatte wohl ihre Gründe … In gewisser Hinsicht hätten sich die Familien Geambaşu oder Stegaru sogar gekränkt fühlen können, denn ihre Telefone gab es schon länger als das des Oberst, und sie waren schon öfter verwendet worden, um – Gott bewahre uns davor – die Rettung zu rufen, sodass es wirklich keinen triftigen Grund gab, diese beiden Familien zu umgehen. Sie könnten jetzt mit Fug und Recht beleidigt sein und beim nächsten Notfall den Zugang zu ihren Telefonen verweigern, etwa mit den Worten »Gehen Sie doch zum Oberst, was wollen Sie bei uns?« Herr Petrică wusste sicherlich, dass Familie Geambaşu zur fraglichen Zeit auf Urlaub gewesen war, von wo vermutlich Veronica auch das schändliche Embryo mitgebracht hatte, und dass die Stegarus gerade ihre einstigen Trauzeugen besucht hatten, die am anderen Ende der Stadt wohnten, und von welchem Besuch Nelu ziemlich angeheitert und schwankend – nach dem Motto »hier war ich schon, hier war ich noch nicht« – zurückgekommen war. Herr Petrică wusste also, dass Milica umsonst an ihr Tor gepocht hätte, aber das änderte eigentlich gar nichts, zumindest für ihn nicht, zumal Milica es bei den Stegarus nicht einmal versucht hatte. Es war gerade so, als wären sie alle zu Hause gewesen und Milica wäre achtlos an ihren Höfen vorbeigehuscht und schnurstracks zum Telefon des Oberst geeilt. In Herrn Petricăs Augen war Milica geradewegs zum Oberst gestürzt, nicht so sehr von Sorge um das fiebernde Kind getrieben, oder genauer, nicht nur davon, sondern von der Neugier, das »Schloss« von innen zu sehen, und aus dem Wunsch heraus, die Erste zu sein, die drinnen gewesen war, damit sie nachher den anderen, den Dummen, erzählen konnte, wie es dort aussah. Und zweitens, sagte Herr Petrică, wenn Milica um Marius und sein Fieber so besorgt war, warum hat sie dann das »Schloss« gewählt, das weiter weg liegt, ohne es vorher bei Geambaşu oder Stegaru zu versuchen, die viel näher wohnen? Etwas verwirrt stimmten ihm die Gäste an den Tischen zu, denn die meisten von ihnen hatten bereits den Faden verloren, alle aber warteten ungeduldig auf seine Schlussfolgerungen. Und drittens schließlich ist es schwer zu glauben, dass man, wenn man in Panik ist, bis ins Detail alle Bilder des Oberst betrachtet, was nur heißen kann, dass Milica entweder die Bilder begafft hat, statt sich um das arme Kind zu kümmern, oder sie ihnen allen einen Bären aufgebunden hat, den sie ihr auch prompt abgenommen haben. An diesem Punkt seiner Rede ging ein Raunen durch den »Traktor«, und ein Lächeln der Genugtuung umspielte Herrn Petricăs Mundwinkel. Mit anderen Worten, Milica sollte lieber ihren Mund halten und sich um ihre Kinder kümmern.

Sebastian war an jenem Abend nicht im »Traktor« gewesen, aber am nächsten Tag hatte man ihm alles haarklein erzählt. Als er nach Hause kam, sagte er ohne Vorwarnung zu seiner Frau: »Milica, du sollst mir keine Schande machen! Halt lieber den Mund und kümmere dich um die Kinder.« Als sie von ihrem Mann die Worte des Herrn Petrică hörte, genau so, wie Sebastian sie von der Nachbarin erzählt bekommen hatte, die sie ihrerseits brühwarm von ihrem Mann hatte, der im »Traktor« dabei gewesen war, da wurde die gute Frau ganz wild. Was sie nicht daran hinderte zu denken: Dieser gottverdammte Herr Petrică, wenn er einmal etwas über einen äußert, dann bleibt das allen wortwörtlich in Erinnerung, wie ein geflügeltes Wort. Ihre Erklärungen nützten nichts, nicht einmal bei Sebastian, der immerhin ihr Mann war. Sie versuchte es auch links und rechts, mal heftiger, mal ruhiger, bei allen Nachbarn. Allen erklärte sie, direkt oder vermittelt, dass es keinen Sinn gehabt hätte, es zuerst bei den Geambaşus oder Stegarus zu versuchen, denn wie alle anderen hatte sie gewusst, dass die ersten auf Urlaub und die zweiten auf Besuch waren, bei ihren Trauzeugen am anderen Ende der Stadt, und dass sie natürlich Zeit gehabt hatte, sich im Haus des Oberst gründlich umzusehen, weil beim Rettungsdienst besetzt gewesen war, was den Oberst zwang, mehrmals anzurufen. Währenddessen schaute sie sich alles an und merkte sich alles, so wie es eben mit besonderen Dingen so ist, die merkt man sich leichter als gewöhnliche, wie sie bei Herrn Petrică stehen, wo man die Sachen sieht und gleich vergisst, das heißt, nicht wirklich vergisst, aber durcheinanderbringt. Man weiß dann eben nicht mehr, ob man die Sachen bei Herrn Petrică oder bei Papa Hrib gesehen hat. Sie versuchte also vergebens, ihre Sicht der Dinge darzustellen. Alle nickten dabei zustimmend, während sie strickten oder Kaffee kochten, aber jedes Mal, wenn sie fertig war, sagten sie zu ihr: »Na ja, ich schätze, du hast recht, aber es schadet niemandem, weniger zu reden und sich ein bisschen mehr um die Kinder zu kümmern.« Milica wurde klar, dass nur eine direkte Konfrontation mit Herrn Petrică, ein öffentliches Duell helfen würde, bei dem sie seine Bemerkungen sofort berichtigen und sich sogar ein wenig über ihn lustig machen könnte, etwa mit einem abschließenden Satz wie: »Herr Petrică, Sie erteilen also Ratschläge, Sie, der gar nicht weiß, wie man Kinder macht!«, auf sein verdächtiges Junggesellentum anspielend, oder »Herr Petrică, wenn ich ein Schloss vor dem Mund brauche, dann brauchen Sie zehn.« Das Publikum, das sie dazu brauchte, war natürlich am leichtesten im »Zerknautschten Traktor« zu finden, aber als Frau konnte sie es sich nicht erlauben, einfach so, ohne triftigen Grund ins Wirtshaus zu gehen, außer zum Beispiel, um Sebastian nach Hause zu holen. Sicher, sie hätte hineingehen, sich zu den anderen an den Tisch setzen und eine Diskussion mit Herrn Petrică provozieren können. Sie hatte aber das Gefühl, dass daran etwas falsch wäre, und was sie im Duell mit Herrn Petrică vielleicht gewonnen hätte, das hätte sie durch ihre Dreistigkeit, einfach so in ein Männerlokal zu gehen, wieder eingebüßt. So wartete sie lieber eine geeignete Gelegenheit ab. Die auch nicht lange auf sich warten ließ.

Eines Abends waren, eher zufällig als aus einem bestimmten Grund, ein paar Nachbarn vor dem Tor Papa Hribs versammelt. In der Akazienstraße geschah es oft, vor allem an Feiertagen, dass einer stehen blieb, um mit jemandem zu reden, sei es am Zaun oder auch mitten auf der Straße, und sich bald andere Nachbarn hinzugesellten, stets begierig, Neues zu erfahren. So war es auch, als Milica stehen blieb, um mit Papa Hrib zu plaudern. Sie waren schon etwa sechs, als Herr Petrică dazukam. Milica fand, das sei eine gute Gelegenheit für eine öffentliche Auseinandersetzung, zumal der Boden neutral war, und so fasste sie sich ein Herz und brachte die Rede auf das Haus des Oberst. Herr Petrică antwortete aber ganz anders als in ihren imaginären Gesprächen, in denen sie seine Worte einzeln widerlegte. Er lehnte es glatt ab, über das Thema zu reden, ja machte sich sogar über sie lustig: »He, Milica, willst du uns wieder Märchen aus dem Schloss verkaufen? Lass uns damit in Ruhe, wir haben wichtigere Dinge zu besprechen. Schau nur, was Fănică Geambașu mit seiner Tochter passiert ist!«

Alle Nachbarn stimmten ihm zu, manche nickten, andere murmelten »so ist es«. Milica war zutiefst getroffen, der Verzweiflung nah. Sie wollte von etwas ganz anderem reden, nicht ihnen erzählen, wie es im Innern aussah. Aber sie wollten überhaupt nichts mehr über das Haus des Oberst hören. Milica fühlte sich gedemütigt. Wie konnte sie nun ihre Sichtweise darlegen? Mit Schrecken stellte sie fest, dass sie die Gelegenheit verpasst hatte! Und schlimmer noch: dass Gerechtigkeit eine Frage des Moments ist. Den

Tränen nahe, schwieg sie beschämt. Keiner beachtete sie mehr, alle waren mit der heißen Frage beschäftigt, wie sich wohl Fănică Geambaşu zu dem unerwarteten Enkel verhalten werde.

Das Geheimnis um Veronica interessierte die Straße nicht länger als zwei Wochen; mittlerweile wurde der »Miteigentümer des Embryos« (so Herr Petrică) von der Familie Geambaşu identifiziert, und zwar in der Person eines weder besonders gut gewachsenen noch besonders wohlhabenden jungen Mannes, der ein ehemaliger Mitschüler des Mädchens war und »keineswegs eine flüchtige Bekanntschaft aus Herculane« (so Fănică Geambaşu), außerdem musikalisch, Gitarren- und Panflötenspieler, im Augenblick arbeitslos. Die Hochzeit wurde beschlossen. Das Interesse für diese Geschichte hätte sicherlich länger angedauert, wenn der Vater des Kindes nicht ausfindig gemacht worden wäre oder wenn es sich zumindest um eine flüchtige Bekanntschaft aus Herculane gehandelt hätte, wie man ursprünglich angenommen hatte. Unter den gegebenen Umständen aber hatte sich die Sensation verflüchtigt, um – zugegebenermaßen nach einiger Zeit – einer anderen Platz zu machen, die sich, so lang die Akazienstraße auch ist, innerhalb eines halben Tages herumgesprochen hatte.

Zum Thema Veronica Geambaşu ging doch noch zweimal ein Raunen durch die Straße, wenn auch kein so heftiges mehr wie beim ersten Mal.

Nach einigen Monaten zwang das anhaltende Flachbleiben von Veronicas Bauch die beiden frisch Verheirateten zuzugeben, dass die angekündigte

Geburt eines Kindes nur ein Manöver gewesen war, dazu gedacht, die Zustimmung des Herrn Geambaşu, eines braven Steuerzahlers (der stets gleich Anfang des Jahres seine gesamte Schuldigkeit beglich) und strengen Vaters, und von Frau Geambaşu – einer heiklen, hochmütigen Person – zu erhalten. Veronica, wenn auch wahnsinnig verliebt, hatte gewusst, dass sie die beiden nie unter normalen Umständen von ihrem Gabriel hätte überzeugen können.

So hatte sie sich dieser List bedient, denn es war ihre Idee gewesen: Sie wusste, dass die Schande eines unehelichen Kindes bei dem nörglerischen Wesen ihres Vaters und dem Größenwahn ihrer Mutter ihre Wirkung zeigen würde. Die Rechnung ging letztlich auf, wenn auch die Hochzeit unter einer etwas gezwungenen Atmosphäre gelitten und die Nachbarinnen schräge Blicke auf den Bauch der Braut geworfen hatten, von dem nicht wenige von ihnen meinten, dass »man es schon sieht«. Herr Petrică lachte ein Jahr lang über diese Frauen – »Und? Merkte man es wirklich schon?« –, als hätte er sich rein gar nicht an den Gesprächen über das Thema beteiligt. Kurz danach segnete Herr Geambaşu vor lauter Gram das Zeitliche, vor allem weil er erfahren musste, dass der Enkel, auf den er sich insgeheim schon freute, nur erfunden war. Erst da, nach langen Jahren, gab Frau Geambaşu ihrem Mann und seinem Nörgeln recht: Veronica las zu viel. Bis dahin hatte Frau Geambaşu sie diesbezüglich immer in Schutz genommen, überzeugt davon, dass die Lektüre von Liebesromanen obligatorisch zur Bildung des schönen Geschlechts gehörte – denn damals gab es die Fünf-Uhr-Telenovelas noch nicht. Der recht unerwartete Tod von Herrn Geambaşu – den Papa Hrib allerdings dessen Jugendsünden in den fünfziger Jahren zuschrieb, in denen Geambaşu der erste kommunistische Bürgermeister der Gemeinde gewesen war – hinderte ihn daran, im Fernsehen mitzuerleben, wie seinem Schwiegersohn bei einem Musikwettbewerb in Italien ein Preis überreicht wurde, was in der Akazienstraße den Anstoß zur zweiten Welle des Interesses an Veronicas Schicksal gab.

Von Neuem war die Straße nun in Aufruhr. Dunkle Gestalten schlichen auf geheimen Wegen von einem Hof zum anderen, hinter Türen und Toren fanden geflüsterte Gespäche statt, wilde Spekulationen beflügelten die Phantasie, bereiteten Gänsehaut, erschreckten Kinder und beunruhigten Hausfrauen. Aus irgendeinem Grund fehlte es an Öl, die Hühner – diese blöden Viecher! – wollten keine Eier mehr legen, und nie hatte man Vanillezucker zur Hand. Die alten Frauen erinnerten sich an mehr oder weniger ähnliche, ebenso merkwürdige Vorkommnisse in ihrer Straße zu Zeiten des Generalsekretärs Dej oder gar des Königs. Währenddessen fanden die Männer keine Ruhe, drehten sich im Kreis, kamen mit der Arbeit im Hof nicht recht voran. Eine innere Unruhe trieb sie immer wieder in den »Zerknautschten Traktor«, wo möglicherweise Relu Covalciuc, den üblichen kleinen Wodka und Tomatensaft vor sich, über das ungeheuerliche Geschehen in seinem Garten berichtete. Da keiner von ihnen einen solchen Moment verpassen wollte, entschieden sie für sich, dass die unwichtigeren Arbeiten später erledigt werden konnten, suchten nach ein bisschen Kleingeld und begaben sich, auch wenn es später zu endlosen Diskussionen mit ihren Frauen führen mochte, lässigen Schrittes, als hätten sie alles erledigt, auf einen verdienten Spaziergang, um frische Luft zu schnappen wie an Feiertagen, die Straße hinunter zur Kneipe von Ticu Zidaru. Was Frau Evelina Stegaru über ihren Mann zu sagen pflegte, passte auf die meisten Männer in der Straße: »Nicht einmal die Biene kennt den Weg zu ihrem Stock besser als mein Mann den Weg zum ›Traktor‹«. Darauf folgten die üblichen, dem Wirtshaus geltenden Drohungen mit dem Benzin, dem Feuer und der Wirtschaftspolizei; und später die mehr oder minder üblen Verfluchungen, je nachdem, was Herr Stegaru sich gerade geleistet hatte.

Zweites Kapitel

– in dem Mitu erzählt, wie er im Zentralkomitee vom Genossen Nicolae Ceauseşcu, Generalsekretär der Kommunistischen Partei Rumäniens, Präsident der Sozialistischen Republik Rumänien, Oberster Befehlshaber der Streitkräfte und meistgeliebter Sohn des Volkes, empfangen wurde.

»… Mensch, und als ich eines Morgens ein paar Tage später aufwachte und ins Bad ging, um mich zu rasieren, was sehe ich da im Spiegel? Aus meinem Ohr kam ein hellgrüner Faden, dünn wie Nähgarn. Das Weizenkorn war aufgekeimt und reckte sein Köpfchen nach dem Licht. Ich traute meinen Augen nicht. Es hatte mich nicht einmal gekitzelt oder mir nachts Albträume bereitet … zum Wohl!«

»Geh, Mitu, das kann doch nicht sein!«

»Und wenn sie nicht gestorben sind, so leben sie noch heute. Wer's nicht glaubt, braucht nicht zuzuhören.«

»Mitu, wie ging noch gleich die Geschichte mit dem weiblichen Kälbchen?«

»Mit welchem denn?«

»Na, mit dem du dich besser verstanden hast als mit deiner eigenen Schwester und das so lange um den Pfahl gelaufen ist, an den es gebunden war, bis dadurch ein Graben entstand, so tief, dass es schließlich nicht mehr zu sehen war.«

»Die hab ich euch gestern erzählt und schon wieder vergessen.«

»Sieh mal an, wie vergesslich Mitu plötzlich wird, wenn er will!«

»Erzähl lieber, wie du Ceauşescu getroffen hast!«

»Wie locker ihr doch Bestellungen abgebt! Bestellt doch auch mal einen Wodka für den Jungen hier. Soll ich mir vielleicht umsonst den Mund fuselig reden?«

»Komm, Ticu, einmal Diesel für Herrn Mitu. Schreib's an.«

»Das ist natürlich etwas ganz anderes. Man hat sonst nicht den nötigen Schwung. Prost! Die Geschichte mit dem *Erschossenen*, sagtet ihr?«

»Wie du von ihm einen Dacia verlangt hast …«

»Ja, Mensch! Damals arbeitete ich bei den Schrauben, das heißt, zu den Zeiten, als in Rumänien noch Schrauben produziert und nicht bloß Neapolitanerschnitten hin- und hergeschoben wurden, was man jetzt so Handel schimpft … Da war ich gerade mit meiner vierten Frau verheiratet und wohnte bei ihr in der Wohnung, am Arsch der Welt.«

»Onkel Mitu, mir scheint, beim letzten Mal war's die dritte.«

»Erzähl doch du, wenn du so gescheit bist und alles weißt. Los, ich höre dir zu!«

»Ich meinte ja nur.«

»Lass ihn doch, Mitu, kümmer dich nicht um den!«

»Streiten wir uns jetzt vielleicht wegen den Ehefrauen?«

»Ich wohnte mit ihr jenseits der ›Zerrissenen Daunenjacke‹. Eine ganze Viertelstunde musste ich von da zur Straßenbahn laufen. Mit der Straßenbahn musste ich noch vierzig Minuten fahren, bei gutem Wetter. Es war gar nicht so, als ob ich zur Arbeit fuhr, eher ein

Ausflug. Da hat man schon Wegzehrung mitnehmen müssen. Gott sei Dank hatte ich Liţă immer dabei, meinen Nachbarn. Wir redeten über dies und das, erzählten uns um fünf Uhr Früh Filme und liehen uns gegenseitig das Penicillin – vor allem, wenn es in der Straßenbahn so eine Kälte hatte, dass sich innen der Reif kräuselte –, malten Tapeten an die Fensterscheiben und führten Schmäh, denn darin waren wir unschlagbar. Alle wussten, dass ich beim Schmähführen jeden schlagen konnte. Wenn ich jemandem einen Spitznamen verpasste, dann blieb der an seiner gesamten Familie bis zur siebenten Generation, wie's in den Parteidokumenten geschrieben steht, kleben wie die Krätze. Dieser Liţă allerdings, der war auch nicht ohne, denn ihm war es zu verdanken, dass mir der *Verblichene* das Auto gab. Mensch, bevor dieser Liţă studiert hatte, da verstanden wir uns wie Brüder. Wir tranken aus derselben Flasche, aßen aus demselben Beutel, wir gingen zu den gleichen stadtbekannten Damen und, was noch wichtiger war, wir kamen beide zu spät zur Arbeit. Normalerweise hätten sie uns Bußen aufbrummen, den Lohn kürzen, die Prämien streichen müssen, aber da mein Freund Liţă Parteimitglied und Vorarbeiter war, verzieh man mir auch gleich mit. Er redete sich immer raus, schimpfte auf die Straßenbahnen, dass die sich schlicht über die arbeitende Bevölkerung lustig machten, und dass das eine Schande für das ganze Volk wäre, solche Sachen eben. Liţă, der hatte schon ein Mundwerk. Wenn die Revolution nicht gekommen wäre, hätte ich es wohl erlebt, dass er in die Große Volksversammlung gewählt worden wäre. Ehrgeizig war er schon wegen seinem Vater, dem Vorsitzenden beim Kollektiv in –, zum Kuckuck, ich weiß nicht mehr, wie die Gemeinde hieß. Sein Vater wollte aus ihm einen Bürgermeister machen, oder wenigstens einen Diplomingenieur, wie's damals Mode war – jetzt stehen ja die Diplomingenieure am Markt und verkaufen Melonen. Er sah's nicht gern, dass sein Sohn nur Vorarbeiter war. Also hat er ihn, damit er Ingenieur wird, auf so eine Art Abendhochschule geschickt, mehr eine Berufsschule. Um die Prüfungen seines Sohnes zu kaufen, karrte er Fleisch, Käse und Tsuika dorthin, dass sich die Autos des Kollektivs nur so bogen, und versprach seinem Liţă, wenn er ein braver Junge ist, nett zu den Professoren, sie nicht aufregt, sich nicht abfällig über ihre Mütter äußert und die Schule beendet, kauft er ihm ein funkelnagelneues Auto. Denn das alte Schwein hätte sogar Geld für einen Helikopter gehabt, nicht nur für ein Auto, nur dass er sich keinen Helikopter kaufen durfte, denn damit – das ist euch hoffentlich klar – hätte er damals Ceauşescu verfolgen können, wenn der flüchten wollte. Der Vater ließ das Kalb oder das Lamm des Volkes schlachten, wie es ihm eben passte, aber vor allem dann, wenn eine Inspektion von der Partei kam, denn auch die waren nur Menschen mit knurrenden Mägen und hatten auch Kinder, die höhere Schulen besuchten. Alle klauten, was das Zeug hielt, denn es war ja genug da. Es war in den Erntestatistiken gar nicht genug Platz für all die Nullen hinter den Ziffern, bis sich die Westler vor Staunen auch noch mit den Füßen bekreuzigten wie die Yogis! Die Maiskolben waren ja so dick wie Pferdepimmel, wisst ihr noch? Gott verzeih mir, die Kartoffeln waren so groß wie Kokosnüsse und die Sojabohnen wie Tennisbälle, stimmt's? Nur, wenn Lügen weh getan hätten, dann hätte man bei den Parteisitzungen ein Wahnsinnsgejammere erlebt, lauter Stöhnen und Brüllen, schlimmer als in der Tiefe der Hölle. Jedenfalls, wie gesagt, das mit meinem Liță lief prächtig, bis sein Studium alles verdarb. Es war, als ob man ihm bei der Diplomverleihung auch kräftig eins über den Schädel gegeben und er dadurch sein Gedächtnis eingebüßt hätte. Ein halbes Jahr, nachdem er sein Diplom begossen hatte, haben sie ihn zum Chef der Werkstatt gemacht. Sodass ich eines Morgens plötzlich nicht mehr zusammen mit dem Vorarbeiter zu spät kam, sondern gemeinsam mit dem Chef der Werkstatt. Wir kommen also an, ich gehe in die Umkleide, um meine Arbeitsklamotten anzuziehen, er geht ins Büro. Kommt der neue Vorarbeiter zu mir, irgend so ein Karl, und sagt: Du bist zu spät dran, ich ziehe dir zwei Stunden ab, das ist die Anweisung. Wie denn das?, frage ich. Woher, glaubt ihr, kam die Anweisung? Von meinem Liță, mit dem ich gerade mit hängender Zunge der Straßenbahn nachgelaufen war! Eine Woche später fuhr Liță schon mit seinem neuen Dacia zur Arbeit, also trafen wir uns nicht mehr an der Straßenbahnhaltestelle. Bei der Arbeit kannte er mich schon fast nicht mehr, er antwortete mir, als hätte er Sekundenkleber im Mund. He Liță, sagte ich zu ihm und wollte dies und das erzählen. Darauf er, Genosse, wir sind hier im Arbeitsprozess, lass uns die angemessene Anrede verwenden. – Na schön, dachte ich, gut haben die von der Hochschule daran getan, ihm eins überzubraten, nur schade, dass sie's ihm nicht so richtig gezeigt haben. Er hatte ganz vergessen, wie oft wir bei einem Glas Wein gesessen und getratscht hatten wie zwei alte Weiber, wie wir den Speck der Schweine schmolzen, die dem Kollektiv gehörten, wie ich ihm von diesem und jenem aus dem Betrieb erzählte, wer fleißig war und wer ein Schwein, was sie so ausheckten – ohne das wäre er mit der Meute gar nicht zurechtgekommen. Alles hatte er vergessen, als ob ihm einer das Hirn mit Essigwasser ausgewischt hätte. Na, na, na, Liță, dachte ich bei mir, dir zeig ich's noch. Ausgerechnet bei mir versuchst du linke Touren? Und als ich eines Morgens mit der Straßenbahn zu Arbeit fuhr, fiel mir so ein, dass ich zu Ceaușescu gehen und mit ihm reden sollte. Sodass ich gar nicht mehr zur Industriezone fuhr, sondern beim Bahnhof ausstieg und den Zug nahm. Ich hab mir nicht mal eine Fahrkarte gekauft, denn so viel Geld hatte ich gar nicht dabei. Als vor der zweiten Station der Kontrolleur kam, sagte ich zu ihm, ich hätte keinen Reiseausweis, und er solle mich in Ruhe lassen. ›Wohin fährst du?‹, fragte er. Zu Ceaușescu, sagte ich. Ich rauchte. Der Kontrolleur schaute mich an, maß mich von oben bis unten und ging wortlos weiter. Ich kam mir vor wie bei den Amerikanern: Alles, was er gesagt hätte, hätte gegen ihn verwendet werden können. Er ist noch ein paar Mal die Waggons rauf- und runtergegangen, aber zu mir hat er kein Wort mehr gesagt, nicht mal so viel. Als meine Zigaretten aus waren, beim letzten Zug tatsächlich, fuhren wir in den Nordbahnhof ein, als ob der Zug nur darauf gewartet hätte, dass ich meine Zigaretten zu Ende rauche, damit er ankommen kann. Das ist bestimmt ein Zeichen, dachte ich. Wenn ich auf einer

Bank gedöst hätte, statt am Fenster zu sitzen und zu rauchen, dann wären wir wohl nie angekommen. Ganz benommen von dem Geschaukel stieg ich aus und ging schnurstracks zum Zentralkomitee. Ich hatte nicht einmal zu Ende geklopft, da zeigte sich schon ein Offizier, ein Schrank von einem Mann, die Mütze im Nacken, verschwitzt – dem Armen war wohl heiß – und schnauzt mich an: ›Was willst du denn, Moldavier?‹ Ich habe keine Ahnung, woher er gewusst haben kann, dass ich Moldavier bin, denn ich hatte noch kein Wort gesagt, aber mir wurde ziemlich mulmig zumute. Das hatte mich mehr erschreckt als der Schnitt in seiner Wange, von dem allein man schon einen Koller kriegen konnte, eine Pistole brauchte das Monster gar nicht. Zuerst dachte ich, das wäre so einer, der Gedanken liest, denn er hatte es zu schnell erraten, andererseits dachte ich, auch wenn's so wäre, hätte er nicht wissen können, dass ich Moldavier bin, denn in dem Augenblick dachte ich nicht daran, dass ich einer bin, und außerdem haben Gedanken ja im Allgemeinen keinen moldavischen Akzent. ›Ich würde gerne mit Genossen Nicolae Ceauşescu, dem Generalsekretär der Kommunistischen Partei Rumäniens, Präsident der Sozialistischen Republik Rumänien sprechen‹, sagte ich schnell und steif, wie aus dem Schullesebuch, denn fast hätte ich mich angemacht, um's mal so zu sagen. ›Wirklich, Moldavier? Du warst wohl in der Schule der Klassenbeste, was?‹ ›Zu Befehl! Der Klassenbeste war ich nie‹, antwortete ich schnell und kurz, wie beim Militär, eingeschüchtert von seiner Uniform. ›Und den Oberst Befehlshaber der Streitkräfte hast du wohl vergessen? Hinlegen!‹ ›Zu

Befehl, hab ich nicht vergessen!‹, rief ich in die Luft, denn beim Befehl ›Hinlegen‹ hatte ich mich sofort zu Boden geworfen. So war das. Der hat mich geschliffen, wie's in den Parteidokumenten geschrieben steht, sodass der ganze Tabak, den ich im Zug geraucht hatte, aus mir rausgekommen ist. Das musste das Zeichen sein. Nachdem er mich ordentlich ins Schwitzen gebracht hatte, holte er einen kleinen Hocker hervor und bot mir den an, auch ein Glas Wasser aus der Leitung – auf seine Art war er nett – und selbst machte er sich eine Dose Bier auf. Zuerst dachte ich, es wäre eine Granate, denn ich hatte noch nie im Leben so etwas gesehen. ›Und was willst du von Onkel Nicu?‹, fragte er hinterlistig. Ich hab nichts gesagt, bin ich vielleicht blöd? Wenn ich geantwortet hätte, wär's so gewesen, als ob ich einverstanden wäre, dass er ihn ›Onkel Nicu‹ nennt, und dann wär's so gewesen, als ob ich ihn selber so genannt hätte. Und darauf hatte der bloß gewartet. ›Gut, ich sehe, du willst es mir nicht sagen, vielleicht ist es ein Geheimnis‹, sagte er schlau. ›Bleib da, ich sehe nach, ob er zu Hause ist.‹ Er macht zwei Schritte, dann dreht er sich um und fragt: ›Was soll ich sagen, wer ihn sucht?‹ Ich war wie gelähmt. Wer war ich? Was sollte ich bloß sagen? ›Ein Mann aus der Arbeiterklasse!‹, sagte ich voller Stolz. ›Ein Dreher und Fräser‹, fügte ich hinzu. Ich dachte, das klingt interessanter, mehr wie ein Amt. ›Teufel noch mal, dieser Moldavier! Dreher und Fräser!‹, murmelte der Kleiderschrank beeindruckt. Möglicherweise tat es ihm jetzt leid, dass er mich so geschliffen hatte. Er ging in seine Kabine und flüsterte mit jemandem am Telefon. Als er herauskam, sagte er: ›Du hast Glück. Er ist im

Begriff, nach Simbabwe abzureisen, aber dich empfängt er, einen Dreher und Fräser kann er nicht abweisen. Folge mir.‹ Er zog ein Tuch aus der Tasche und verband mir damit die Augen. Mensch, und dann führte er mich immer wieder nach links und rechts, so oft, dass ich, allein gelassen, wohl verhungert wäre, bevor ich den Ausgang wiedergefunden hätte. Als er mir die Augenbinde abnahm, fand ich mich in einem Untersuchungszimmer voller Ärzte in weißen Kitteln wieder, die Hörrohre um den Hals trugen und Kaffee tranken. Sie stellten die Tassen hin, und einer sagte, ich soll die Zunge zeigen, ein anderer nahm mir Blut ab, wieder ein anderer leuchtete mir mit einer Taschenlampe ins Auge, noch einer hörte mich mit seinem Dingsda ab, und einer schaute mir, mit Verlaub, in den Hintern. Unter den Kitteln konnte man leicht die Epauletten und Orden erahnen. Ich glaub, das waren alles ausgewachsene Generäle. Eine so gründliche medizinische Untersuchung hab ich seither nicht mehr erlebt und werd ich wohl vor der Obduktion auch nicht mehr erleben. Und schon kriegte ich wieder die Augenbinde um und wurde durch die Korridore hin und her geführt. Überall roch's nach Kaffee und Schnitzeln. Nachdem wir auch noch mit zwei Aufzügen gefahren waren, nahm der Kleiderschrank mir die Augenbinde ab und sagte: ›Das ist die Tür. Du gehst allein hinein, er hasst es, sich bewacht zu fühlen. Du sagst, du bist gerade von der Straße hereingekommen und wolltest mal schauen, wie's ihm geht. Frag auch, wie es Elena geht, sonst ist er böse. Fast hätte ich es vergessen: Nenn ihn auch *den meistgeliebten Sohn des Volkes*, das gefällt ihm am besten.‹ Und der Riese grinste mich an, dass mir ein Schauer den Rücken herunterlief, denn mit diesem Schnitt im Gesicht sah er aus, als würde er mit zwei Mündern lächeln. Netter Typ, auf seine Art. Ich klopfte also an, und noch bevor ich mit Klopfen fertig war, hörte ich schon: ›Herein!‹ Ich nahm die Mütze ab – sozusagen, denn ich hatte keine –, drückte die Klinke und ging hinein. Mein Herz schlug wie das einer Meise. Er saß am Schreibtisch und würfelte: ›Wenn eine Drei herauskommt, fahre ich heute nach Simbabwe, wenn nicht, sage ich, ich bin krank! Sechs! Klasse, ich bin krank! Wenn eine Drei kommt, habe ich's mit dem Blutdruck, wenn nicht, bin ich erkältet. Drei! Erraten, ich hab's mit dem Blutdruck!‹ Ich sagte kein einziges Wörtchen, na ja, um nicht zu stören. ›Sag an, Moldavier, welche Zahl kommt jetzt?‹, fragte er mich auf einmal. ›Na los, ich hab nicht den ganzen Tag Zeit!‹ ›Die Vier, Genosse Generalsekretär der Kommunistischen Partei Rumäniens, Präsident der Sozialistischen Republik Rumänien, Oberster Befehlshaber der Streitkräfte und meistgeliebter Sohn des Volkes‹, sagte ich aus dem Stehgreif. Sein Gesicht blühte auf wie eine Rose. ›Schauen wir mal! Vier! Na, der Moldavier hat vielleicht ein Glück! Du kriegst einen Dacia von mir.‹ Ich hätte ihn gern gefragt, was passiert wäre, wenn ich falsch geraten hätte, aber ich hab mich nicht getraut. ›Keinen neuen allerdings – er ist ein Jahr alt. Bobu hat ihn beim Schnapsen verspielt.‹ ›Ich danke Ihnen, Genosse Generalsekretär der Kommunistischen Partei Rumäniens, Präsident der Sozialistischen Republik Rumänien, Oberster Befehlshaber der Streitkräfte und meistgeliebter Sohn des Volkes!‹ ›Lass mal die Formalitäten. Solange wir unter uns sind, kannst du mich Onkel Nicu nennen, wie's alle tun.‹ Ich konnt's kaum glauben. Umgänglicher Kerl, sag ich euch. Schade, dass sie ihn wie einen Hund erschossen haben. Elena war das Ekel. Als ich so dastehe und überlege, ob ich meinen Liţă verpetzen soll, denn jetzt hatte ich einen Dacia, das Problem mit dem Zuspätkommen war damit gelöst, kommt eine Dame in Volkstracht herein, mit Brot und Salz auf einem Tablett. Sie ist dermaßen hübsch, dass mir die Spucke wegbleibt. Der Alte lässt mir aber keine Zeit, den Anblick zu genießen, sondern scheucht sie gleich weg: ›Raus mit dir, siehst du nicht, dass wir zu tun haben?‹ Eifersüchtig bis dorthinaus, das war ihm anzusehen. ›Entschuldigen Sie bitte, ich dachte, es handle sich um die chinesische Delegation!‹, zwitschert die Schöne, mit einer Singstimme wie Irina Loghin. ›D-d-d-ie ist nebenan.‹ Er hatte sich aufgeregt, jetzt stotterte er. ›So, kehren wir zu Tagesordnung zurück, Genosse. Welche dringliche Sache führt Sie zu mir?‹ Als ich hörte, dass er mich wie bei einer Parteisitzung anspricht, wurde ich verlegen. ›Nun … ich bin ein arbeitender Mensch …‹ ›Und du bist direkt von der Straße gekommen, um zu sehen, wie es mir geht.‹ ›Ja, genau, und auch wie es Genossin Elena, ihrer Lebenspartnerin, der weltberühmten Wissenschaftlerin und liebenden Mutter geht.‹ ›Ihr geht es nicht so gut. Sie hat mir gerade ausrichten lassen, sie habe Schnupfen … Auch mich plagt ein wenig der Blutdruck, aber was sollen wir machen, das Wohl des Volkes erlaubt kein Kränkeln.‹ ›Das stimmt. Können Sie ruhig noch mal sagen.‹ ›Wieso, bist du taub?‹ ›Nein, so sagt man bei uns.‹ ›Aha!‹ Ich sehe ihn an –

wie ein Pascha sitzt er in seinem Sessel und kratzt mit dem Nagel an den Punkten des Würfels. ›Da, schau, das Schwarze geht ja ab! Wusste ich gar nicht.‹ Schweigend zolle ich seinem Tun Respekt. ›Darum also hat Postelnicu, dieser Schwindler, ständig gewonnen!‹ Der Raum war groß, mit Farbfernseher, damals schon, und Spitzenvorhängen an den Fenstern. ›Sag mal, Moldavier, ich habe gehört, die Leute murren. Wie ist es mit dir, hast du Milch für deine Kinder?‹ Jetzt war's um mich geschehen. Wie sollte ich ihm sagen, dass man um drei Uhr Früh aufstehen musste, um eine Flasche Milch zu bekommen? Und warten musste, bis man Schimmel ansetzte? ›Na ja, mit Bedauern muss ich Ihnen mitteilen, dass ich keine Kinder habe, Genosse Generalsekrär der Kommunistischen Pa…‹ ›Stooop! Keine Kinder zu haben ist aber gar nicht gut, Moldavier! Was für ein Dreher und Fräser bis du denn, wenn du keine Kinder hast? Schämst du dich denn nicht? Habe ich nicht in irgendeiner Plenarsitzung gesagt, dass ihr Kinder machen sollt, wenn schon nichts sonst?‹ ›Verzeihung, Genosse Generalsekretär …‹ ›Du gehst jetzt nach Hause und machst Kinder, sonst nehme ich dir den Dacia wieder weg. So wie ich ihn dir geschenkt habe, kann ich ihn dir auch wieder nehmen. Mit mir ist nicht zu scherzen‹, sagte er. Daraufhin hab ich die Schneeglöckchen-Position eingenommen, Köpfchen und Blick nach unten. Was konnte ich schon sagen? ›Oder vielleicht hast du Probleme mit dem Pümpchen?‹ Im ersten Augenblick hab ich gar nicht verstanden, was er sagen wollte, aber dann tickte ich doch. ›Du, wenn du Probleme mit dem Pümpchen hast, sag's mir! Ich bringe dich zu einem thailändischen Doktor. Der braut dir ein paar von seinen Kräutern zusammen, und das Zeug musst du dann trinken. Schmeckt gar nicht gut, so ähnlich wie dieser Whisky, aber danach hast du einen Presslufthammer! Verstehst du? Damit kommst du durch Beton!‹ ›Nein, hab ich eigentlich nicht, das Problem, Genosse Generalsekretär …‹ ›He, du brauchst dich nicht zu schämen! Du kommst, sagst es mir, und es ist so gut wie erledigt. Zum Teufel! Auch du wirst dazu beitragen, dass die Demographie auf die Beine kommt!‹ Ich schwör's euch, so hat er mit mir geredet. Hat mir damals gut gefallen, der Durchsiebte. Umgänglicher Kerl. Elena war das Ekel, sag ich euch. Sie ist nicht mal ins Zimmer gekommen, solange ich dort war. Sie hatte ja Gäste, nicht? Aber was die Demographie betrifft, war mit ihm nicht spaßen. Wenn ihr gesehen hättet, wie er mich angefahren hat … Er hat noch was gesagt von nationalem Interesse und der patriotischen Pflicht beider Geschlechter, aber das hab ich mir nicht gemerkt, denn in Geschichte bin ich noch nie gut gewesen. Ich kann euch aber erzählen, wie's einem Freund von mir mit dem demographischen Wachstum ergangen ist, damit ihr seht, wie ernst das war. Seine Frau lief eines Tages in die Stadt, weil sie gehört hatte, dass es dort irgendwo Klopapier zu kaufen gab. Sie wohnten nämlich in einem Dorf in der Nähe. So war das damals, plötzlich gab's Klopapier, aber nur zwölf Rollen pro Person, und die Schlange war ellenlang. Die arme Frau stellt sich also rund vier Stunden an, kauft ihre zwölf Rollen, und als sie nach Hause kommt: große Überraschung. Was sieht sie in dem dicken Papier, das so rau war, dass man gleich blutete, wenn man's benutzte? Lauter Bruchstücke aus der Heiligen Schrift: ›Römer, 13‹, ›ger Geist‹, ›aul‹ und so weiter. Die ganze Familie staunte Bauklötze. Dann legten sie das Ohr ans Radio, und vom Sender Freies Europa erfuhren sie, dass eine ganze Ladung Bibeln aus dem Westen eingestampft war – daher das Ganze. Jedenfalls meinte die Frau, sie könne sich den Hintern, Gott verzeih mir, nicht mit der Heiligen Schrift abwischen, auch nicht mit Bruchstücken davon. Sie musste nicht mal mehr den Priester fragen, ob es eine Sünde sei oder nicht, sondern hängte ein paar alte *Scânteia*-Ausgaben, darunter auch die mit dem Abtreibungsdekret und der Rede des Genossen über die notwendige Steigerung der Kinderquote je Einwohner, ans Plumpsklo. Ich sag euch, Leute: Dazu kann nur der Teufel sie getrieben haben. Genau neun Monate, nachdem sie die Zeitung benutzt hatte, gebar sie einen Jungen, der dem Onkel Nicu wie aus dem Gesicht geschnitten war. Beide waren sie natürlich baff, sie zogen den Jungen auf und konnten nicht einmal Alimente einfordern. So kamen alle diese Dekret-Kinder zur Welt …

Aber zurück zu meinem Besuch. Er kratzte also noch ein bisschen an den Würfeln, dann schaute er nach links, schaute nach rechts, holte aus einem Schrank was zu trinken heraus und eine Kiste Zigarren, wo ich zuerst dachte, da sind Bonbons drin. Man konnte ihm aber ansehen, dass er Angst hatte, von Elena beim Trinken erwischt zu werden und die Leviten gelesen zu bekommen. Guter Wein, da kann man nichts sagen. Der alte Knacker hatte einen guten Geschmack. ›Nimm auch so eine Rauchkanone‹, forderte er mich auf, ›Fidel Castro hat sie mir zum

23. August geschickt.‹ Meine Frau hätte mich so sehen sollen, ich sah aus wie Kojak. Die Serie hat ihr nämlich so gut gefallen. ›He, Moldavier, kennst du einen gewissen Goma?‹, fragte der Verblichene. Um nicht ganz blöd dazustehen, sage ich: ›Ich glaub, ich habe den Namen schon mal gehört, Genosse Generalsekretär …‹ Ich dachte, das wäre irgendein Parteibonze oder so. ›So, dann erzähl. Erzähl alles! Wo hast du von ihm gehört?‹ Ich fing an zu stottern. Ich hatte keine Ahnung, wer das war, und weiß es heute noch immer nicht, aber den Namen habe ich mir gemerkt, weil er ungewöhnlich ist. ›Ich glaube, da war mal so einer bei uns in der Dreherwerkstatt‹, versuchte ich die Sache zu kitten. ›Nein, Mensch, der, nach dem ich frage, ist ein Schurke.‹ ›Der bei uns ist auch nicht besser‹, wagte ich zu sagen. ›Und hast du vielleicht von Iliescu gehört?‹ ›Hab ich nicht, Genosse Generalsekretär …‹ ›Ist auch besser so! Das ist nämlich noch so ein Schurke, viel gefährlicher als der andere.‹ Echt, genau so hat er's gesagt. Als ich während der Revolution ferngesehen habe, da erinnerte ich mich an genau dieses Gespräch. ›Hör zu, wenn ich sterbe und ihr dann unter Iliescu lebt, dann ist Schluss mit lustig!‹ ›Warum sollten Sie denn sterben, Genosse Generalsekretär … das geht doch nicht?‹ ›Geht doch, Moldavier, denn ich kann alles!‹ Ja, Mensch, mir ist, als ob ich ihn noch immer reden höre. Er ahnte was. ›Wenn er's dem Gorbi nachmacht und euch in den Übergang stürzt, womit er mir ständig in den Ohren liegt, holen euch nicht mal die Amerikaner aus der Patsche! Immer faselt er vom Tunnel des Übergangs und von dem Licht, das uns, die Rumänen, an dessen Ende erwartet. So ein

Mist! Wenn wir in den Tunnel gehen, da kommen wir nur zerhackt heraus, wie Ersatzteile. Merk dir meine Worte!‹ Mensch, was mir der Zu-Unrecht-Durchsiebte da gesagt hat, das hat sich alles bewahrheitet; als ob er's aus einem Buch vorgelesen hätte. Nach der Revolution habe ich genau dasselbe, Wort für Wort, von Iliescu und anderen gehört, als ob sie uns damals belauscht hätten. Dann plötzlich sah das Sieb auf die Uhr und sagte: ›Ich muss mich langsam verziehen, sonst komme ich zu spät zum Schnapsen.‹ ›Entschuldigen Sie, dass ich Sie aufgehalten habe, Genosse Generalsekretär …‹ ›Wart mal, wo willst du denn hin, so mit leeren Händen?‹ Er kramt unter dem Tisch und holt zwei Pakete hervor, jedes mit einer schönen Schleife darauf. ›Hier. Das hier ist für das Mädchen, Alina, ein Paar Guban-Sandalen und zwei Bananen, und das da ist für Marius, zwei Tennisschläger und eine Tafel chinesische Schokolade.‹ Ich erstarrte. Alles wusste er, Mensch! Genau das wünschten sich meine Kinder … Und ich hatte ihm vorgelogen, ich hätte keine Kinder. Er war klasse, was soll ich sonst sagen. Bei den Lügen, die ich ihm aufgetischt hatte, hätte er dem Riesen befehlen können, Kleinholz aus mir zu machen, sodass meine Frau hätte kommen und mich mit Schaufel und Besen aufkehren müssen. Stattdessen gab er mir noch Abschiedsgeschenke mit, der feine Kerl. Was will man mehr? Er gab mir die Pakete, räumte den Wein weg, wischte die Spuren auf und verschwand durch eine Seitentür. Danach habe ich ihn nie mehr gesehen. Das heißt, doch, im Fernsehen und so schon … Und als ich mir gerade die Spitzenvorhänge näher ansehe – nicht, dass ich sie mir unter den Nagel reißen wollte, ich wollte nur mal echte Qualität aus der Nähe sehen –, da kommt der Drache mit dem Schnitt im Gesicht und wedelt mit dem Tuch: ›Na, wie war's, Moldavier?‹ Dabei lächelte er wieder doppelt, sodass es mir kalt über den Rücken lief. Eigentlich sah's aus, als würde er mit einem Mund lächeln und mit dem anderen weinen. Ich wusste gar nicht, wie ich reagieren sollte. Wir nahmen wieder die Aufzüge, marschierten durch die Korridore, gingen durch den Geruch von Kaffee und Schnitzeln. Ja, richtig, zu essen hatte er mir nichts angeboten, und jetzt tat mir von der Zigarre der Magen weh. Ich fragte mich, wie diese unterernährten Kubaner wohl so einen giftigen Tabak rauchen können. Wahrscheinlich haben sie alle schon ganz löchrige Mägen, anders kann ich mir das nicht vorstellen. Der Rückweg kam mir länger vor, aber schließlich standen wir doch am Eingangstor, ich mit den beiden Paketen wie Melonen unterm Arm. Oh Mann, es tat mir fast leid, das Zentralkomitee zu verlassen, wo es so schön roch, wo es kühl war, wo man Zigarren rauchte und wo auf Teufel komm raus geschnapst wurde, aber ich sah ein, dass das nicht meine Welt war, obwohl ich mich da durchaus zurechtgefunden hätte. Da mich ja doch noch etwas wurmte, fragte ich den Drachen, als ich ging, nur so aus Neugier: ›Genosse, gestatten Sie die Frage – woher haben Sie gleich gewusst, dass ich Moldavier bin?‹ ›Das war einfach, Mensch! Nur ein Moldavier klopft Morsezeichen, wenn's eine Klingel gibt. Gleich hier rechts, siehst du?‹ Der Riese hatte recht, die Klingel war genau dort, aber ich hatte sie nicht bemerkt. Ich bedankte mich und ging gleich zum Bahnhof, denn man konnte ja nicht wissen, was ihm vielleicht noch einfiel, ob er mich nicht doch noch zum Verschieben von Bahnwaggons einteilen würde. Als ich nach Hause kam, stand der Dacia schon vor der Tür.«

»Onkel Mitu, woher wusstest du aber, dass das dein Dacia war? Hatte er dir die Nummer gesagt?«

»Da schau, was den Grünschnabel interessiert! Hast du keine gescheitere Frage? Was soll das heißen, woher ich's wusste? Ich kann schließlich lesen, und unter dem Scheibenwischer klemmte ein Stück Pappe, auf dem stand ›Für Mitu‹.«

»Gut, Onkel Mitu, deswegen brauchst du doch nicht gleich eingeschnappt zu sein.«

»Aber sag, wo ist das Auto jetzt?«

»Ich hab's gleich am nächsten Tag verkauft, weil ich gar keinen Führerschein hatte. Zum Wohl! Ich hab schon eine ganz trockene Kehle.«

»Und wie ging's mit dem Zu-spät-Kommen weiter?«

»Da schau, die verhören mich wie bei der Gestapo! Schluss jetzt, die Geschichte ist aus. *Ende.* Und ich schneid' den Hexenbesen kahl, und wer's nicht glaubt, der kann mich mal.«

»Was für ein Schicksal! Da hat er sich vor Kurzem erst gemütlich bei einem Glas mit Mitu unterhalten, und jetzt liegt er schon voller Blei metertief unter der Erde. Zum Wohl!«

Drittes Kapitel

– in dem die meisten Anwohner der Akazienstraße, die sich noch an die Zeit der Systematisierung, aber auch an Hleandas Flüche gut erinnern können, voll Hoffnung auf Risse in den Hauswänden des Oberst warten

Es brodelte in der Straße wie in einem Kochtopf und summte wie in einem Bienenstock. Nur im Hause des Oberst und in dem der Familie Socoliuc herrschte eine ölige Ruhe, die sie von dem elektrisierenden Tumult abschirmte. Es war, als wären die beiden Häuser vorübergehend in eine andere Straße in der Nähe gezogen, in die Trommlerstraße zum Beispiel, von der aus man aber die Häuser in der Akazienstraße gut sehen kann, wie in einem Spiel der optischen Täuschungen …

Die Gründe für die Ruhe, die in diesen beiden Häusern herrschte, waren allerdings sehr unterschiedlich.

Sowohl vor als auch nach dem Telefonat, das Milica hatte führen müssen und dank dem sich alle ein Bild vom Inneren des Schlosses hatten machen können, hatte kein Anwohner der Straße das Haus des Oberst jemals betreten. Wenn man zurückdenkt, wurde der Oberst im Grunde seit Beginn der Bauarbeiten mit unterschwelliger Feindseligkeit betrachtet. Obwohl die Nachbarn ihre Ablehnung, ja, sogar Aggressivität dem Oberst gegenüber damit begründeten, dass jedem Fremden mit Vorsicht zu begegnen sei, bis er seinen wahren Charakter gezeigt und seinen Respekt vor denen, die schon seit Langem da waren – und so mancher war noch im Schatten der einst stolzen Akazien geboren und aufgewachsen –, bewiesen habe, so hatte doch jeder seinen eigenen Grund, ihm die kalte Schulter zu zeigen.

Als Herr Geambaşu gehört hatte, dass der Besitzer der zukünftigen Villa Oberst gewesen war, verfinsterte sich sein Gesicht, und er konnte seine kriegerischen Gelüste nur schwer verbergen. Bis dahin war er derjenige gewesen, der auf das höchste Amt zurückblicken konnte, nämlich das eines Chefbuchhalters im Rathaus. Obwohl die meisten Anwohner der Straße Rentner waren, herrschte unter ihnen eine gewisse Gleichheit, die auf ihrer »lebenslangen Tätigkeit« (so Herr Geambaşu) beruhte und ihnen Respekt verschaffte, sei es auch nur dank der verschiedenartigen Erinnerungen, die mit den anderen geteilt werden konnten oder dank der Personen, die jeder von ihnen gekannt hatte. Jahre zuvor hatte er, Traian Geambaşu, sich mit Ceauşescu im selben Zimmer befunden, und zwar buchstäblich und nicht wie Mitu, der im »Traktor« damit prahlte, dass er in der Casa Scânteii Ceauşescu gegenübergestanden war, in dessen Büro, wo man ihm eine Havanna aus einer Kiste angeboten hatte, die Ceauşescu von Fidel Castro persönlich geschenkt worden war.

Einige von ihnen, wie Relu Covalciuc, Sebastian Cărămidaru und selbst Papa Hrib hatten sogar als Tagelöhner beim Bau mitgewirkt, denn der Oberst zahlte die besten Löhne in der ganzen Gegend. Aber auch sie hegten keine besondere Sympathie für den neuen Nachbarn, eben weil sie für ihn gearbeitet hatten. Außerdem behauptete Relu Covalciuc, dass der neue Hausbesitzer zur Partei von Rațiu* gehöre, dem Politiker mit der Fliege, und dass sie am Haus des Oberst genauso geschuftet hätten wie früher einmal die Bauern auf den Äckern der Großgrundbesitzer. Außerdem, fuhr er fort, darf man nicht vergessen, dass der Oberst aus einer Großgrundbesitzer-Familie kommt, in der Armee ein warmes Plätzchen gefunden hat und nun zu seinen Wurzeln zurückkehrt. Der Bau des Landhauses sei nur der Anfang, danach werde er seine Ländereien zurückfordern. Und die Ländereien des Oberst, behauptete er, seien natürlich die Grundstücke der Akazienstraße. Sodass sie am Ende entweder alle das Weite suchen oder für ihre eigenen Häuser Miete zahlen müssten. Und wenn sie dazu nicht das Geld haben sollten – »und woher zum Kuckuck sollen Rentner auch Geld haben?« –, würden sie die Miete beim Oberst abarbeiten müssen. So verführen alle Mitglieder der Rațiu-Partei. Papa Hrib widersprach ihm heftig: Ganz im Gegenteil, sagte er, der Oberst komme aus einer Familie von Habenichtsen, die Ärmsten im Dorf, das wisse er ganz sicher, habe sich beim vorigen Regime lieb Kind gemacht, habe brav in der Partei mitgeplappert und bei der Securitate gesungen, bis sie ihn zum Oberst gemacht hatten, und sobald er bei der Armee gewesen sei, habe er gestohlen, was das Zeug hielt. Zu Zeiten des

* Mit »*« gekennzeichnete Begriffe werden im Glossar auf S. 208 erläutert.

Erschossenen sei er so widerwärtig und boshaft gewesen, dass ihm seine eigenen Kollegen während der Revolution mit einem gut polierten Stiefel einen Tritt in den Allerwertesten verpasst und ihn krankheitshalber pensioniert hätten. So schnell sei er gefeuert worden, dass er nicht einmal mehr dazu gekommen sei, seine Uniform aus dem Büro zu holen. Und jetzt baue er sich, ob nun aus Langeweile oder auf Geheiß des Gehörnten, dieses geschmacklose Riesending ausgerechnet in ihrer Straße. Was für eine Plage! Und als ob das noch nicht genug wäre, habe er ihnen doppelt so viel wie üblich bezahlt, nur um zu zeigen, wer er ist. Nur um ihnen, den Nachbarn, zu zeigen, dass er haufenweise Geld besitzt.

Das Haus wurde nach den Wahlen im Jahre 1992 fertig, und die Auseinandersetzungen zwischen ihnen ließen nach. Dafür stellten alle mit Unmut fest, dass die Villa des Oberst das höchste Gebäude in der Straße war, und dass seine Gattin sich nicht einmal dazu herabließ, zurückzugrüßen. Herr Petrică meinte boshaft, sie habe einen Hauptmannsschnurrbart und exerziere jeden Morgen mit dem Oberst, damit er nicht, Gott bewahre, aus der Übung komme. Auch behauptete er, die Frau Oberst erwidere deswegen keinen Gruß, weil sie Watte in den Ohren trage, denn auf dem Schlachtfeld ziehe es teuflisch, außerdem sei sie gewohnt, nur auf Befehle zu antworten, denn in Anbetracht der Ausmaße und der Geschmacklosigkeit der Villa müsse man annehmen, dass sie den Luftschutzbunker der Akazienstraße bewache. Wenn es ernst wurde, behauptete Herr Petrică, dass Frau Oberst eigentlich Ivan Lebed heiße, was man leicht beim Betrachten ihres Profils oder durch einen Blick in die Duschkabine feststellen könne – sie sei also niemand anderer als der Bruder des russischen Generals, der sich incognito auf Geheimmission in Rumänien befinde. Herr Petrică sagte all das ganz ruhig und ernst, nur sein Schnurrbart zitterte ab und zu. Ein Fremder hätte kaum feststellen können, ob er scherzte oder nicht.

Abgesehen von den »Frohndienst-Sprüchen« (so Papa Hrib) des Herrn Petrică steht fest, dass die Männer, wenn sie am »Schloss« vorbeigingen, zackig »Guten Tag« sagten und dabei andeutungsweise die Hand an eine imaginäre Mütze legten.

Die älteren Anwohner der Straße musterten das anmaßende Profil der Villa oft mit boshaften Blicken. Sie wussten von einem Geheimnis, das zugleich auch ihre kleine Rache darstellte: Der Grund, auf dem die Villa stand, war sehr unstabil – und nur diejenigen, die am längsten hier wohnten, wussten warum –, sodass sie von einem Moment zum anderen das Auftauchen von Rissen in den Mauern erwarteten. Der Oberst hätte sie eben rechtzeitig um Rat fragen sollen. Er hatte es aber nicht getan, also geschah es ihm recht. Der Mund, der ihre Grüße nicht erwiderte, würde eines Tages ausrufen müssen: »Mein Gott, da ist ja ein Riss in der Mauer!«, dachten sie, warfen einander wissende Blicke zu und lächelten komplizenhaft.

An der Stelle, wo jetzt das Schloss thronte, hatte sich rund fünfzehn Jahre zuvor eine tiefe Grube mit einer stinkenden Pfütze darin befunden. In diese Grube bei der Kreuzung mit der Negru-Vodă-Straße mündeten alle Abwasserrohre. Zudem warfen die Anwohner der Straße eimer-, kübel- und karrenweise ihren gesamten Haushaltsmüll hinein, von Zwiebelresten bis zu Kaninchenexkrementen. Gelegentlich landeten hier auch tote Hühner, vergiftete Ratten und die Abfälle, die beim illegalen Schnapsbrennen in Geräteschuppen anfielen. Die herzloseren unter den Anwohnern warfen auch schon einmal neugeborene Kätzchen hinein, die dann die ganze Nacht herzzerreißend miauten und erst gegen Morgen verstummten. Zur Akazienstraße hin war die Grube von einer Baumreihe abgeschirmt, die nur durch Zugangspfade unterbrochen wurde, von der Negru-Vodă-Straße aus aber, wo der Abhang weniger steil war, sah man ungehindert auf sämtliche grausigen Abfälle. Je mehr sich die Kinder von dieser Seite angezogen fühlten, wo sie Steine in die klebrige, blubbernde Pfütze werfen konnten, desto mehr waren die Mütter besorgt, und wann immer die Hausarbeit es zuließ, riefen sie nach ihnen. Dann versteckten sich die Kinder hinter den hohen Klettenbüschen – aus deren schaufelbreiten, mit Schneckenspuren überzogenen Blättern sie sich Schirme bastelten, wenn es regnete –, hielten die Luft an, stießen sich gegenseitig die Ellbogen in die Rippen und zwinkerten einander zu, bis die Frau, die sie zur Ordnung rufen wollte, ihren scharfen Blick wieder abwandte und zu ihrer Arbeit zurückkehrte. Nach einiger Zeit kamen die »Satansbraten« (so Frau Stegaru) wieder hervor, warfen nun mit noch mehr Spaß, weil sie nicht entdeckt worden waren, weiter Steine in das stinkende Wasser oder fingen ein anderes Spiel an, das sie gerade erfunden hatten. Die mutigsten unter ihnen stiegen vorsichtig den mit Müll übersäten Abhang hinunter, wobei sie sich an Pflanzenstengeln, Wurzeln oder Eisenstücken festhielten, die aus der Erde ragten, zwischen Eierschalen, verdorbenen Karotten und Bohnen hindurch, an Eingeweiden jeglicher Art, Spraydosen, Medikamentenröhrchen, verbrühten Federn, duftenden Holzspänen, Fischschuppen und Drahtknäueln vorbei. Manche Dinge, vor allem die Medikamentenröhrchen und die leeren Spraydosen, kamen ihnen so interessant vor, dass sie unter den neugierigen Blicken der Kinder, die oben geblieben waren (»Was hat er da wohl gefunden?«), gleich in die Tasche oder unter das Hemd gesteckt wurden. Nur die seltsamen, unbekannten Gegenstände untersuchten die Kinder genau, bevor sie ihr Urteil fällten: aufbewahrenswert oder nicht. Diese Momente der eingehenden Untersuchung, des Abtastens, der Geruchsprüfung eines unidentifizierten Objekts bedeuteten eine Pause im gefährlichen Abstieg und schürten das Interesse der oben Gebliebenen, die gleich anfingen, Vermutungen zu äußern und aus der Distanz zu erraten versuchten, um was es sich handelte, um wenigstens ihren Scharfsinn zu beweisen, wenn sie schon nicht den Mut gehabt hatten, mit hinabzusteigen. Obwohl der glückliche Finder die Kommentare von oben hören konnte, sagte er nichts, sondern drehte seinen Fund weiter hin und her und erhöhte damit die Spannung.

»Es ist aus Eisen, sieht aber wie eine Schildkröte aus«, sagte er schließlich.

»!????«

»Wenn ich den Finger durch das kleine Loch da stecke, fühle ich ein paar kleine Schrauben ...«, fuhr der Wagemutige fort. Dann hielt er das Objekt ans Ohr und schüttelte es.

»!????«

»Die Schrauben klappern ... sind wohl nicht festgezogen ...«

Dann führte er den Fund zur Nase.

»!????«

»Riecht nach Hundepisse ... glaube ich.«

Ausgehend von der knappen Beschreibung jedes Merkmals konnte jeder der oben Gebliebenen neue Vermutungen anstellen, je nach seiner Phantasie und Kühnheit. Als der Gegenstand schließlich oben angekommen war, wurde er von jedem Kind der Reihe nach in die Hand genommen, betastet, beschnuppert und von allen Seiten betrachtet. Danach kamen sie zu dem Schluss: Was es ist, wissen wir nicht, aber zum Spielen ist es prima geeignet. Das Objekt blieb im Besitz seines Entdeckers und ließ sich gegen eine Briefmarke, ein blindes Katzenjunges, ein Marmeladebrot oder ein Geheimnis tauschen. Ein anderes Mal blieb der Finder vielleicht auf halber Hanghöhe stehen, runzelte die Stirn und begann aufzuzählen: »Es hat viele kleine Dellen, dicht aneinander ... es sieht aus wie ein Schiffchen ... es ist kirschrot ... es riecht nach Maus ...« Was konnte es sein? Nachdem sich die anderen oben den Kopf zerbrochen und alle möglichen Lösungen vorgeschlagen hatten, warf der Finder das Objekt hinauf, das sich als ein banaler Maiskolben entpuppte. Angeschmiert!

Zu den meistbegehrten Müllfunden gehörten die

Spraydosen und die kleinen roten Blechdosen mit goldener Beschriftung, die einmal chinesischen Balsam enthalten hatten. Die ersteren hatten den Vorzug, dass sie, wenn man mit ihnen genau das tat, was man laut Aufschrift nicht tun sollte, nämlich sie ins Feuer warf, tolle Kracher abgaben. Und Feuer – oder wenigstens ein bisschen glühende Kohle, auf der sich beim kleinsten Windhauch rote Drachen abzeichneten, verschlungen und furchterregend – war gar nicht so schwer zu finden; zum Beispiel die heimlich entfachten Feuer auf der den Feldern zugewandten Seite der Straße, um die sich unzählige Gruselgeschichten rankten, bei denen die Kleinen zitterten und mit den Zähnen klapperten; oder die Feuer, die Papa Hrib in seinem Garten machte und um die sich Scharen von Kindern drängten, um gebratene Kartoffeln, Maiskolben, Pilze oder andere exotische Leckerbissen zu essen. Dabei erzählte Papa Hrib seine Kriegsgeschichten, zu denen das Knallen der Spraydosen ausgezeichnet passte, weil sie in verkleinertem Maßstab das Donnern der Kanonen beisteuerten und einem eine Vorstellung davon vermittelten, wie gefährlich Explosionen waren. Nicht selten wurde Papa Hrib für sein unverantwortliches Verhalten getadelt, vor allem, nachdem er eines Tages seine eigene, noch fast volle Mückenspraydose geopfert hatte, um den Kindern den Unterschied zwischen den kleinen und den großen Kanonen zu demonstrieren. Der Knall brachte die Fenster der Sommerküche mehr als überzeugend zum Scheppern, die Kartoffeln zerplatzten in dampfende Teilchen, die an allem klebten, was sich ihnen in den Weg stellte, und die Glut wetteiferte mit den Sternen. Die Hühner fingen an zu gackern wie bei einem Erdbeben. Der Hund, dessen Bellen wie ein Maschinengewehr klang, hätte fast seine Kette zerrissen. Der Alte schrie munter unverständliche Dinge. Die Kinder waren nicht nur begeistert, sondern zu Tode erschrocken. Glücklicherweise hatte der Alte sie vorsorglich in einem gewissen Abstand zum Zentrum der Schlacht platziert, was jedoch nicht verhinderte, dass einige von ihnen mit angesengten Hemden nach Hause zogen. Als Papa Hrib am nächsten Tag vor dem Getreidespeicher, gleich neben dem Fahrrad, eine noch halb rohe Kartoffel fand, war er sich sicher, dass die Kinder den Unterschied zwischen den kleinen und den großen Kanonen nie vergessen würden.

Die kleinen flachen Dosen für den chinesischen Balsam, der die Konsistenz von Vaseline, aber einen stechenden Mentholgeruch hatte, waren ebenfalls sehr begehrt und hatten für die Kinder einen hohen Tauschwert. Ihre Eltern benützten den Balsam zwar, um damit bei Migräne oder Erkältung die Schläfen oder die Stirn einzureiben, die Kinder aber verwendeten ihn als Angriffswaffe oder schlicht zum Spaß. Wenn es um Spaß ging, zielte man mit einer ordentlichen Portion Balsam auf dem Finger auf die Nase des Gegners. Wenn es um Ernsteres ging, um Rache zum Beispiel, dann zielte man auf die Augen. Das Jucken, die roten Augen und die Tränen des Opfers machten den Balsam sehr begehrenswert. Man konnte damit sogar die größeren Kinder, die schon beneidenswerte Muskeln aufwiesen, zum Weinen bringen; sie verbargen dann so komisch das Gesicht in den Händen, die

Nase lief ihnen – kurz, sie waren zutiefst gedemütigt. Begreiflicherweise war eine solche kleine Dose leicht eine Tafel Schokolade wert. Natürlich konnte man diese Dosen zu Hause vom Regal stibitzen; dann waren sie fast voll, aber man lief Gefahr, streng bestraft zu werden. Oder man fand sie auf der Müllhalde, beinahe leer, aber ohne jedes Risiko.

Allerdings waren nicht jeden Tag Spray- und Balsamdosen auf dem Müll zu finden, und auch keine unbekannten Objekte. An solchen Pechtagen blieben die Mutigen bei ihrem Abstieg nirgends stehen, sondern kamen ziemlich schnell zum stinkenden Wasser. Dort angekommen, stocherten sie mit Ruten, die sie sich unterwegs gegriffen oder schon vorher von den Büschen abgerissen hatten, im zähen Schlamm herum, droschen darauf ein oder ließen Blasen platzen, die entsetzliche Gerüche freisetzten. Die oben Gebliebenen warfen mit Steinen, in der Absicht, die Mutigen mit dem schmutzigen Wasser zu bespritzen. Wenn es ihnen gelang, was eher selten vorkam, mit einem geschickten Wurf Spritzer auf das Hemd, die Beine oder wenigstens auf die Sportschuhe zu bringen, dann jubelten sie und umarmten sich. Die Getroffenen bemühten sich, die stinkenden Flecken mit Unkrautblättern oder mit einem gefundenen Fetzen zu entfernen. Danach versuchten sie, mit der Rutenspitze eine Tüte voller Schlamm herauszuangeln, die sie dann zum Rand des Abhangs hinaufkatapultieren wollten, um nun ihrerseits die dort wartenden Kinder mit der grausigen Brühe zu bekleckern. Wenn die Rute dem Gewicht nicht standhielt, waren die Kinder unten gezwungen, mit abrupten Bewegungen wie in

Zeichentrickfilmen ihrem eigenen Geschoss auszuweichen. Darauf bogen sich diejenigen oben vor Lachen, hielten sich dabei demonstrativ die Bäuche und stampften mit den Füßen. Die Kinder unten taten so, als ignorierten sie die anderen, tuschelten miteinander, lachten und fingen an, in dem nach Seife und Teer riechenden Schlamm zu stochern. Einer, der mit der Rutenspitze eine kleine Insel in der Pfütze bearbeitete, rief etwa »Ein toter Hund!« Während die oben Stehenden versuchten, Einzelheiten zu erspähen, schlich einer der Mutigen um die Pfütze herum zur gegenüberliegenden Seite der Grube, erklomm den äußerst steilen Abhang bis zu der Akazienreihe, schlug sich durch das Gestrüpp und kam dann von der Straße her genau hinter die oben wartenden Kinder, die mittlerweile von der Gruppe in eine Diskussion über ein interessantes Thema verwickelt worden waren: Ist es ein toter Hund oder ist es keiner? Der Ausreißer schleicht sich vorsichtig, an den Zäunen entlang, an die Kinder an und schubst dann so viele wie möglich den Abhang hinunter. Die unten Wartenden halten sich die Bäuche vor Lachen, stampfen mit den Füßen und bekleckern mit ihren schmutzigen Ruten alle, die sie erreichen können.

Manchmal kam es vor, dass sich eines der Kinder verletzte, sich an einem Stück Glas oder einer Konserve schnitt; dann hörte der Spaß auf, und die anderen Kinder liefen in alle Richtungen davon. Der Verletzte blieb allein zurück und bekam dann obendrein die Schläge, die eigentlich allen gebührt hätten. Denn so ist es im Leben: »Die Dummen zahlen drauf«.

Eines frühlingshaften Morgens Anfang der achtziger Jahre, als die Akazien gerade blühten, hielt ein Lastwagen der Stadtverwaltung an der Baumreihe am Rand der Müllhalde und lud dort zwei riesige Betonröhren ob. Es passierte so schnell, dass keiner dazu kam, den Fahrer zu fragen, worum es da eigentlich ging. Macht nichts, sagten sich die Anwohner der Straße, sicher kommt noch ein weiterer Laster, dann werden wir es erfahren. Drei Tage lang fragten sie sich alle gegenseitig, ob sie keinen Laster gesehen hätten, aber nein, keiner wurde gesichtet. Nach einem Monat, in dem sich das geheimnisvolle Vehikel nicht mehr gezeigt hatte, überlegte man bereits, wozu man die Röhren wohl selbst verwerten könnte. Je nach Bedarf und Phantasie hatte jeder eine Verwendung dafür gefunden, das Problem aber war ihr Gewicht. Nicht einmal gut mit Schnaps aufgewärmte Männer konnten sie vom Fleck bewegen. Nach zahlreichen Diskussionen, die meistens im »Traktor« stattfanden und bei denen alle ihren Standpunkt hinsichtlich der Röhren klargemacht hatten, wurde beschlossen, das beste wäre, sie einem gemeinnützigen Zweck zuzuführen, zum Beispiel als Bestandteil eines Brunnens, der irgendwo in der Mitte zu errichten wäre, vielleicht vor dem Haus der Frau Matilda, der Schneiderin. Gut und schön, nur das Problem der Größe und des Gewichtes blieb nach wie vor unüberwindbar.

Die Kinder waren findiger gewesen. Bereits am zweiten Tag hatten sie festgestellt, dass die Röhren sich ausgezeichnet zum Katz-und-Maus- und Versteckspielen eigneten. Und das, obwohl einer von ihnen, Ionuț, von seiner Mutter Milica mächtig die

Ohren langgezogen bekam, mit der Begründung, sie habe nicht das Geld, eine Strafe vom Rathaus zu bezahlen. Als sie freilich merkte, dass sich kein Mensch mehr um die Röhren kümmerte, bereute selbst Milica, ihren Sohn grundlos bestraft, ja ihm eine Woche lang verboten zu haben, die »Dinosaurierknochen« (so Herr Petrică) auch nur anzufassen.

Etwa ein Jahr nach dem ersten Transport tauchte ein ähnlicher Lastwagen auf, der noch zwei Röhren ablud, gleich neben den ersten. Sobald Relu Covalciuc das Ablademanöver sah, eilte er zum Fahrer, um ihn eingehend zu befragen und nicht wie beim ersten Mal die Schande zu erleben, dass sie alle plötzlich vor den riesigen »Elementen« (so Relu Covalciuc) standen, ohne das Geringste darüber zu wissen. Wie Herr Geambaşu zu sagen pflegte: »Wenn mich jemand besuchen kommt und mich fragt, was die Röhren sollen, was soll ich ihm denn sagen?« Bevor Relu Covalciuc den Fahrer – er war ein knochiger Zigeuner, der eine Meerjungfrau auf den Arm tätowiert hatte – ansprechen konnte, bat der ihn um eine Kanne Wasser, denn nach dem Besäufnis der vergangenen Nacht habe er jetzt einen mächtigen Brand. Herr Covalciuc hatte für solche Situationen großes Verständnis und lief gleich eine Kanne Wasser holen, doch als er damit zurückkam, war der Zigeuner nirgends mehr zu sehen. Fahrer und Laster blieben verschwunden, und Herr Covaciuc blieb ratlos und ohne jegliche Information zurück. Obwohl er keinen Durst hatte, trank er aus Verdruss das Wasser aus.

Jetzt hatten die Kinder vier Röhren zum Spielen.

Die Anwohner der Straße hätten jetzt zwei Brunnen bauen können, aber das Problem des Gewichts blieb ungelöst.

Sechs Monate später, an einem religiösen Feiertag, wurden zwei weitere Röhren gebracht. Der Lastwagen wurde von leicht angetrunkenen Menschen umzingelt, die willens waren, ihr Recht einzufordern: Warum hatte man sie nicht informiert? Der Fahrer, ein blonder Jüngling, der gerade seinen Militärdienst beendet hatte, erstarrte. Er verstand nicht, warum diese bedrohlichen Gesichter immer näher kamen, ihn vielleicht lynchen und langsam die Fahrerkabine zerdrücken wollten, in die er sich gerettet hatte wie auf einen Baum. Er rief zu ihnen hinunter, er wisse von nichts, sein Chef habe ihm bloß gesagt, er solle die beiden Röhren zu den anderen vieren bringen. Er sagte auch, er sei erst vor kurzem angestellt worden, und zu Hause warteten seine Mutter, sein Vater und seine Brüder auf ihn, um ebenfalls im Kreis der Familie ein Gläschen zu trinken. Das letzte Argument hatte die Anwohner der Akazienstraße etwas beschwichtigt; ihr Ton wurde ein wenig milder, nach wie vor wollten sie jedoch eine Erklärung hören. Da sprach der Fahrer den Satz aus, der ihn retten, den Anwohnern aber Albträume bereiten sollte: »Ich glaube, es geht um Systematisierung …«

Den Menschen kam das Wort »Systematisierung« ernsthaft und überzeugend vor; sie ließen den jungen Fahrer gehen. Dann gingen sie in kleinen Gruppen, je nach Sympathie oder Verwandtschaft, heim, um ein Gläschen Weichsellikör oder Korn zu trinken und bis in den Morgen über das Wort »Systematisierung« zu debattieren. Unzählige Vermutungen wurden dazu geäußert; sie alle darzulegen, fiele schwer. So stellte jemand die These auf, die Behörden wollten dort eine Bleistiftfabrik aufbauen, die nur als Tarnung für eine Waffenfabrik dienen sollte, was die Wahl des Stadtrands als Standort erklären würde; vielleicht plane man auch eine Straßenbahnlinie, weil zu viele aufgrund der Transportbedingungen zu spät zur Arbeit kämen; vielleicht sollte in der Grube ein Karpfenteich für den Export entstehen; oder vielleicht sei genau dort auf dem Stadtplan der Pfeil des Präsidenten gelandet, der nach Erdöl bohren lassen wolle – das wäre eindeutig eine Premiere für den ganzen Kreis. Nur Traian Geambaşu, der damals noch nicht Chef-Buchhalter war, blieb beunruhigt. Er hatte düstere Vorahnungen. Derartige Begriffe waren ihm schon früher begegnet, in seiner Jugendzeit als Parteiaktivist: Alphabetisierung, Elektrifizierung, Kollektivisierung, Industrialisierung. Seither lief ihm bei jedem neuen Modewort, das auf -ung endete, ein Schauer über den Rücken.

Kaum drei Tage später bewahrheiteten sich seine dunklen Visionen. Ein Ingenieursteam, mit Karten und Messinstrumenten bewaffnet, klärte die Anwohner vollends auf: Ihre Straße solle systematisiert werden, im Rahmen eines umfassenden Systematisierungsplans. »Soll heißen?« Es sollte heißen, dass alles, was in der Akazien-, Wiesen- und Trommlerstraße Haus war, dem Bulldozer zum Opfer fallen sollte. Danach würde das Gelände eingeebnet, und darauf würden eine Erweiterung des Bahnhofs mit neuen Geleisen sowie riesige Lagerhallen für Güter und Getreide entstehen. In den nächsten zehn Jahren sollte der Bahnhof der zweitgrößte in Moldawien und einer der größten – der fünft- oder sechstgrößte – im ganzen Land werden. Traian Geambaşu kamen diese Worte nur allzu bekannt vor, er selbst hatte sie verwendet, nur dass es damals nicht um »Bahnhof« gegangen war, sondern um »Genossenschaft«, später um »Kooperative«. Das alles verhieß also nichts Gutes, obwohl sie auf das, was hier entstehen würde, hätten stolz sein sollen.

Die Nachricht traf sie wie ein Fischregen, und sie wurden vor Erstaunen und Angst stumm. Sie konnten sich einfach nicht vorstellen, dass ihre Straße nicht mehr existieren würde und sie umgesiedelt werden sollten »in diese Zündholzschachteln, wo man in der Luft hängt, ohne Boden unter den Füßen« (so Traian Geambaşu); »in diese Kaninchenställe von Wohnblocks, wo die Wände so dünn sind wie Zigarettenpapier und wo du nicht mal einen fahren lassen kannst, ohne dass es der Nachbar gleich mitkriegt, geschweige denn dich mit deiner Frau streiten oder deine Kinder schlagen« (so Herr Petrică); »wo man im Winter die Heizkörper warm anziehen muss, damit sie nicht platzen, und im Sommer mit einem Strohhalm im Mund in der Badewanne untertauchen muss« (so Papa Hrib); »wo man Petersilie in Blumentöpfen züchten muss und das eingelegte Gemüse auf dem Balkon aufbewahrt« (so Milica); »wo man Wasser aus dem Hahn trinkt und die Scheiße durch Plastikrohre fällt; wo Häuser auf Häusern stehen – das Ende der Welt naht, Brüder, betet zu unserem Herrn Jesus Christus; beim geringsten Erdbeben werden wir wie die Würmer unter den Trümmern herumkriechen; das Ende der Welt naht, ihr lieben Leute, die Lämmer Gottes liegen übereinander wie in Sodom und Gomorrha!« (so Hleanda).

Eine Woche nach den Messungen kamen Arbeiter in Overalls mit Spitzhacken und Gerätschaften, darunter eine Betonmaschine und einige Pumpen, und bedeckten die Straße mit gelber Tonerde. Die Pfütze wurde trockengelegt, die riesigen Betonröhren wurden verlegt. Dann brachten sie ein blaues Schild mit weißer Aufschrift an: »Müll deponieren verboten, Geldstrafe 100–500 Lei«. Sie packten ihr Werkzeug zusammen und zogen ab. Die gelbe Erde bedeckte die ganze Straße. Die Menschen betrachteten sie und dachten an ihre Häuser. Jeden Tag erwarteten sie, dass die Bulldozer auftauchten. Niemand verwendete mehr das Wort »Systematisierung«, man hatte es in stillschweigendem Einvernehmen durch »Demolierung« ersetzt.

Die gesamte Akazienstraße, so lang sie auch war, von den Bahngleisen bis zu den Feldern, wurde binnen Kurzem von einer Art Lähmung befallen. Die Menschen bewegten sich ohne jede Lust durch ihre Höfe. Sie nahmen schon einmal einen Hammer und ein paar Nägel in die Hand, um den Zaun zu richten, aber nach einigen Minuten ließen sie alles wieder fallen, zu niedergeschlagen, um irgendetwas zu unternehmen. Wozu auch? Am nächsten Tag konnten die Bulldozer vor der Tür stehen. Sie griffen zum Pinsel, um ihre Wände zu weißen, aber eine unsichtbare Macht, sanft und kalt, ließ ihre Arme erschlaffen, ganz sacht, wie man einen Kranken um die Schultern fasst. Aus Gewohnheit pflanzten die Hausfrauen nach wie vor in den Gärten Tomaten und vielleicht auch einmal eine zusätzliche Reihe Zwiebel, obwohl sie immer wieder der Gedanke plagte, dass sie nicht mehr dazu kommen würden, das Gemüse auch zu ernten. Die Dächer begannen zu rosten und zu verkommen, die Zäune sahen immer schlimmer aus, die Wände verloren langsam den Putz, die Gärten verwahrlosten. Wozu auch? Am nächsten Tag konnte der Bulldozer vor der Tür stehen. Alles, was früher repariert worden war, wurde jetzt nur noch provisorisch geflickt.

Es tropft durchs Dach? Macht nichts. Wir stellen eine Schüssel drunter und leeren sie von Zeit zu Zeit.

Am Tor ist ein Scharnier kaputt? Das zweite hält ja noch gut genug.

Etwas ist zerbrochen? Wir halten es mit Draht zusammen.

Im Zaun ist ein Loch? Wir stellen ein Stück Blech davor.

Allmählich wirkte alles trist und heruntergekommen, wie von der Ohnmacht des Alters erfasst, und ein Außenstehender hätte zu Recht sagen können: »Warum diese Straße erhalten, mit ihren schief gewordenen Häusern, geflickten Zäunen und vernachlässigten Gärten? Es wäre besser, alles dem Erdboden gleich zu machen und diese armen Leute in neue Wohnhäuser umzusiedeln, wo sie zivilisierte Lebensbedingungen haben …«

Nach nicht allzu langer Zeit begannen die ohnehin wenigen jungen Anwohner danach zu trachten, diese vermaledeite Straße zu verlassen, wo alles von Tag zu Tag ein wenig schäbiger und gebrechlicher wurde.

Sollen die Alten in ihren schiefen Häusern bleiben und auf die Bulldozer warten!

Und aus Lustlosigkeit und Langeweile gewöhnten sich die Alten langsam an, im Schatten einer ungepflegten Weinlaube oder in einem entfernten Schuppen, wo ihre Frauen sie nicht sehen konnten, bei einer Flasche trüber Tzuica oder Wein auf die Demolierung zu warten und miteinander zu plaudern.

Die Bulldozer ließen auf sich warten.

Stattdessen tauchten eines Tages Kipplaster voller Bauschutt auf.

Ein völlig unbekanntes, mächtiges Dröhnen sprengte im Morgengrauen die Ruhe der Straße. Papa Hrib, so alt er war, sprang auf und lief zum Gartenfenster, um durch die Büsche davor zu fliehen, falls da russische Panzer anrollten. Zehn Kipplaster fuhren die Akazienstraße hinauf und hinunter auf der Suche nach der Müllhalde, wo sich zwar keine stinkende Pfütze mehr befand, aber noch immer eine Menge Hausmüll, der von den Anwohnern trotz der langsam rostig gewordenen Verbotstafel dort hingekarrt wurde. Die Kinder hatten die blaue Tafel zudem als Zielscheibe verwendet, auf die sie mit den kaputten alten Flaschen und Gläsern warfen, die bei der Sammelstelle zur Erfüllung des wirtschaftlichen Plansolls in der Schule nicht mehr angenommen wurden.

Die Kipplaster luden Bauschutt ab.

In einem anderen Bezirk hatten die Demolierungsarbeiten also begonnen.

Das Dröhnen und die Schreckensnachrichten brachten alle Anwohner, alt und jung, aus ihren Häusern. Die Sonne ging gerade auf. In den Kleidungsstücken, die sie in ihrer Hast gerade erwischt hatten, versammelten sie sich alle am oberen Rand des Abhangs, um zu sehen, was los war. Sie sahen schon reichlich seltsam aus in ihren Morgenmänteln über Nachthemden, mit zerzausten oder rasch angefeuchteten Haaren, mit zerknautschten Gesichtern, losen Schnürsenkeln oder zwei verschiedenen Hausschuhen an den Füßen. An der Hand hielten sie ihre Kinder, deren Wangen vom Schlaf noch rosig waren. In der frischen Morgenluft schauten die Anwohner der Akazienstraße benommen zu, wie die ersten Tonnen Bauschutt in die Müllgrube gekippt wurden. Der dicke schwarze Rauch der Kipplastwagen verlieh der Versammlung einen Trauerflor. Hleanda, die Irre der Straße, die den langen Weg vom Bahnhofsende gekommen war, weinte herzzerreißend. Sie schluchzte so fürchterlich, dass Traian Geambașu, der noch nie mit ihr ein Wort gewechselt hatte, sich verpflichtet fühlte, sie zurechtzuweisen: »Halt doch den Mund, du Irre, du machst ja den Kindern Angst!« Die Ziegelsteine purzelten wie verdorbene Äpfel in die Grube, und der zu Staub gewordene Putz stieg empor wie eine Mückenwolke. Nachdem die ersten drei Lastwagen ihre Last abgeworfen hatten, ging ein Teil der Anwohner zu ihren Häusern zurück, die, oh Wunder, noch standen.

Für wie lange noch, das wusste niemand.

Hleanda jammerte heiser und in unverständlichen Lauten weiter, rüttelte an den Kipplastern und trat mit ihren Pantoffeln gegen deren Reifen.

Denen, die geblieben waren, erzählten die Fahrer, dass sie solche Szenen gewohnt seien, ja schon

Schlimmeres gesehen hätten. Wo die Demolierungen schon begonnen hatten, gab es Menschen, die sich in ihren Häusern verbarrikadierten, Betten und Schränke vor die Türen und Fenster stellten. Sie riefen: »Ich sterbe zusammen mit diesem Haus!« oder: »Fahrt mit dem Bulldozer über uns, ihr Verbrecher!« Sie wurden dann von der Miliz, der Armee oder der Feuerwehr herausgeholt. Wo es nötig war, verwendete man dazu auch Tränengas. Man trieb sie hinaus wie die Ratten. Sie schimpften, drohten und fluchten. Achtzigjährige wurden hinausgetragen. Sie weinten wie Kinder und flehten, man möge sie doch bitte in dem Haus lassen, in dem sie ihr Leben lang gelebt hätten. Ein alter Mann, dem sie das Haus am Tag zuvor demoliert hatten, war in aller Herrgottsfrüh im Pyjama zurückgekommen und suchte den Schutt ab. Verlorenen Blicks behauptete er, er habe ein Paar Unterhosen vergessen, seine Bräutigamsunterhosen, und suchte danach mit der Zielstrebigkeit eines Tiers. Der Arme hatte den Verstand verloren. Ein ausgewachsener Mann hatte seine Familie und alle Habseligkeiten auf den Gehweg herausgebracht, dann begoss er das Haus mit Benzin und zündete es eigenhändig an. Die Kinder kauerten in den herausgestellten Sesseln und betrachteten verängstigt die mächtigen Flammen. Solcher Szenen wegen war man dazu übergegangen, Demolierungen sehr früh am Morgen durchzuführen – damit es keine gaffende Menge gab. Hinter den Bulldozern fuhren immer eine grüne Minna und ein Rettungswagen mit.

Und wenn die meisten auch unzufrieden waren, so verließen sie ihre Häuser doch ohne Streit. Sie kassierten ihre mickrigen Entschädigungen und zogen in Wohnblocks ein. Sie, die Lastwagenfahrer, fuhren den Bauschutt dorthin, wo man es ihnen gesagt hatte. Sie füllten damit die Löcher der Stadt auf. Man erzählte sich, dass der Großteil von denen, die ein Leben lang zu ebener Erde gelebt hatten und nun plötzlich in Wohnblocks umgesiedelt worden waren, nicht länger als ein Jahr weiterlebte. Zwischen den Betonplatten kriegten sie keine Luft. Sie starben an gebrochenem Herzen. Sie dachten nur an ihre kleinen Gärten mit Blumen und Zwiebelbeeten, an die Apfel- und Birnbäume um ihr Haus, an die paar Hühner, denen sie sogar Namen gegeben hatten. Sie saßen die meiste Zeit auf ihren Balkons an der Luft und wurden von Heimweh zerfressen.

Die Kipper hatten tagelang Bauschutt gebracht. Keiner hätte gedacht, dass die Müllgrube in ihrer Straße so tief gewesen war.

Danach tauchten die Hunde auf.

Dutzende von Hunden in allen Farben und Größen, die quer durch die Stadt gekommen waren, dem Bauschutt hinterher. Herrenlos geworden, folgten sie treu den Überresten der Häuser. Sie winselten, scharrten im Bauschutt, schnüffelten an den noch mit Putz verbundenen Ziegeln, jaulten. Manche von ihnen starben unter den nachfolgenden Schuttlawinen, während sie versuchten, einen nur ihnen bekannten Ziegelstein zu retten. Wenn sich die Gerüche unter weiteren Schichten von Stein, Holz, Staub und Eisen verloren, winselten die Hunde noch eine Zeit lang desorientiert, liefen hin und her, gruben, liefen wieder hin und her, bis sie der Hunger überkam.

Dann suchten sie nach Essensresten oder fielen verzweifelt das Geflügel in den Höfen an. Also machte man Jagd auf sie; man tötete sie grausam, indem man ihnen Polentaklumpen mit Glassplittern darin zu essen gab, oder man vergiftete sie.

Das geschah bis zu dem Tag, an dem sie in Hleanda eine Beschützerin fanden.

Man konnte die Irre der Straße zusammen mit ihnen in der vormaligen Müllgrube graben sehen, auf der Suche nach Holzresten, Teilen von Türen, Fenstern oder Zäunen, die sie dann mit einer Schnur oder einem Kabel zusammenband und zu ihrem schiefen Haus mit verrostetem Dach am anderen Ende der Straße schleppte. Dort lebten jetzt auch die Hunde, um die dreißig, die jeder einen neuen Namen erhalten hatten. Sie spazierten frei im Hof, im Haus und in der Scheune herum und schleiften Fetzen herbei, mit denen sie sich Schlafplätze einrichteten. Hleanda redete unentwegt mit ihnen, schimpfte mit ihnen, gab ihnen Ratschläge, half ihnen, wenn es nötig war, indem sie ein Stück Karton oder Blech zurechtrückte, und ging dazwischen, wenn sie miteinander rauften. Manchmal erzählte sie ihnen von Jesus Christus, vom Ende der Welt, von dem Tag, an dem die Bulldozer kommen würden, um sie zu verjagen. An diesem Punkt begann das Jammern und Verfluchen. Obwohl die Hunde meist nicht sonderlich auf ihre Worte achteten, sondern dabei miteinander spielten, vor Langeweile gähnten oder ohne Erfolg nach etwas Essbarem schnüffelten, sträubten sich ihnen, wenn Hleanda zu wehklagen begann, wie auf geheimnisvollen Befehl hin die Nackenhaare, und sie fingen mit Hleanda zusammen unheimlich zu heulen an. Bestärkt durch den Hundechor, wurde Hleandas Stimme zehnmal so laut, ihre Flüche wurden hundertmal ärger, sodass jedem zufälligen Zeugen – einem Nachbarn oder Passanten – ein Schauer über der Rücken laufen musste.

Manchmal konnte man sie sehen, wie sie zusammen die Mülltonnen, die sich zwischen den Wohnblocks befanden, durchstöberten, wobei das lange, ungewaschene Haar der Frau kaum mehr vom Fell der Vierbeiner zu unterscheiden war. Doch selbst der Inhalt der Mülltonnen war ärmlich, denn in jenen Jahren herrschten Hunger und Kälte. Die Frau, die von Sinnen war, und die heulende Meute litten grausam Hunger. Weder durch Betteln vor den Haustüren oder den ärmlichen Restaurants noch mit dem Durchwühlen der Mülltonnen konnten sie ihren Hunger stillen. In einem Kessel, den Hleanda auf der Müllhalde gefunden hatte, kochte sie Maiskörner, die sie zwischen den Gleisen vor dem Getreidesilo an der Verladestelle gesammelt hatte. Die gekochten Körner ließ sie die Hunde vom Boden fressen; sie fütterte sie wie Hühner. Im Sommer gab es teerverschmierte Maiskörner, die Hleanda zwischen den Eisenbahnschwellen auflas, im Winter Körner, die sie aus dem Schnee aufklaubte, denn nicht einmal der Winter hatte die irre Frau von ihren Hunden trennen können. Sie versammelten sich alle in einem Zimmer, in dem sie Feuer machte, obwohl der Ofen so kaputt war, dass der Rauch mehr durch das Fenster als durch den Schornstein abzog, und ernährten sich von gekochten Maiskörnern.

Eines Winternachmittags gegen fünf Uhr, als es bereits dunkel war, wurde die Ruhe der Straße in ihrer gesamten Länge von der unmenschlichen Stimme Hleandas durchbrochen, einer Stimme, die immer mehr einem Bellen glich.

In den Häusern war alles dunkel, nur hier und da flackerten scheu Petroleumlampen. Von den Großeltern geerbt, gesäubert und entrostet, waren diese Lampen gerade jetzt sehr nützlich, da das Energiesparprogramm der Regierung, dessen Ziel es war, die Auslandsschulden zu begleichen, zur Anwendung kam. Die Menschen wohnten in einem einzigen Raum, dem geheizten, und alles drehte sich um die Holzöfen. Im schwachen, flackenden Licht, das lange tänzelnde Schatten an die Wände warf, sprachen die Eltern flüsternd miteinander, als hätte das fahle Licht unbemerkt ihre Stimmen gedämpft. Die Kinder machten ihre Hausaufgaben an einem Tisch, auf dem als zusätzliche Lichtquelle eine flackernde Kerze stand.

Herr Traian Geambaşu, damals Genosse, spaltete vorsichtig Kürbiskerne mit den Zähnen, feuchtete sie vorher aber mit der Zunge an, um nicht zu viel Lärm dabei zu machen, der seine Tochter gestört hätte. Die Schalen sammelte er gewissenhaft in der Hand, und wenn darin kein Platz mehr war, legte er alles auf eine Seite der *Scânteia*. Ab und zu spülte er den Mund mit Wein, presste gewissenhaft die Flüssigkeit in alle Winkel der Mundhöhle und zwischen die Zähne, um die kleinen Kern- oder Schalenreste hervorzuholen. Diese identifizierte er gemächlich mit der Zungenspitze, betastete sie vorsichtig und schob sie dann zu den Lippen hin, von wo er sie mit dem Handrücken oder, genauer gesagt, mit den borstigen Härchen darauf abstreifte, was aussah, als küsste er sich selbst die Hand. Seine Frau strickte einen Pullover mit neuem Muster und nahm sich ab und zu einen kräftiger gerösteten Kürbiskern. Veronica war dabei, ihre Zeichen-Hausarbeit zu machen. Das vom Professor vorgegebene Thema der Hausarbeit war »Der 26. Januar«. Veronica konnte nicht behaupten, ein Zeichentalent zu sein, ganz im Gegenteil, sie hielt den Bleistift wie einen Schraubenzieher, aber sie hatte sehr, sehr viel Ehrgeiz. Eigentlich liebte sie die Musik. Von allen Liedern fand sie »Einheit steht auf der Trikolore geschrieben« am bewegendsten, ein Lied, mit dem Herr Geambaşu, damals Genosse, sehr einverstanden war. Veronica mochte Zeichnen nicht, aber sie brauchte auch hierin eine gute Note, wenn ihr Durchschnitt für einen Preis reichen sollte. Für den ersten Preis hatten ihr die Eltern einen Kassettenrecorder versprochen. Niemand in ihrer Straße besaß einen, also wünschte sie ihn sich sehr. Auf dem Tisch lagen Aquarellfarben, bunte Stifte und Filzstifte. Wo die eine Technik versagte, machte sie in einer anderen weiter. Die Filzstifte verwendete sie vornehmlich für die Augen, die Nase und den Mund. Sie verwendete zur Inspiration Fotos aus einem *Scânteia*-Sammelband, den man glücklicherweise dem Herrn Geambaşu, damals Genosse, im Büro zwangsverkauft hatte. Es war ihr gerade gelungen, in einem leichten Bogen – »wie ein Gewölbe« (so die Mama), »wie ein die Zeiten überspannender Bogen« (so der Papa) – über den ganzen oberen Teil des Zeichenblattes in

Großbuchstaben »26. JANUAR« zu schreiben, und sie betrachtete zufrieden ihr Werk. Darunter sollten ein Pionier, eine Genossin in Volkstracht, ein als Schweißer gekleideter Mann (die Lederschürze und der Gesichtsschutz würden ihr das Tüfteln an den Details ersparen), ein schwarzes Kind aus Mosambik mit krausem Haar und ein schnuckeliges blondes Kind aus Rumänien dargestellt werden. Jeder sollte einen Blumenstrauß in der Hand tragen, so wie man es eben bei einem Geburtstag tut. Für Veronica hatten diese Figuren keine besondere Bedeutung, aber sie hatte bemerkt, dass sie in Büchern und Sammelbänden oft vorkamen, in Paaren oder alle zusammen, und daraus schloss sie, dass man damit zu einer guten Note kommen konnte. Der kleine Schwarze sollte natürlich aus einem befreundeten Land sein, und da hatte sie Mosambik gewählt, weil ihr der Klang des Wortes gefiel, vor allem das »s«. Der kleine Blonde sollte aus Rumänien sein, somit würde sie, wenn der Professor sie fragte, was in ihren Augen »die Gabe« (so der Zeichenlehrer Constantin Artimon) des Landes zum Geburtstag des Großen Mannes wäre, eine passende Antwort geben können. Da, wo noch weiße Flecken auf den Zeichenblatt blieben, konnte sie eine Ähre hinzeichnen, einen Ölbohrturm, eine Friedenstaube, Hammer und Sichel oder eine der Losungen, die man auf Schritt und Tritt in der Stadt sah.

Als sie den Lärm auf der Straße hörten, ließen alle drei, die Eltern und das Mädchen, alles fallen und spitzten die Ohren. Frau Geambaşu, damals Genossin, eilte zum Fenster, hob eine Ecke des Vorhangs an und blickte hinaus in die Finsternis. Was sie sah, waren nur ein paar Schatten, aber sie sagte gleich: »Hleanda«. Veronica gesellte sich zu ihr, froh darüber, ihre Schularbeit unterbrechen zu können. Herr Geambaşu erhob sich bedächtig, um die Kürbiskernschalen nicht zu verstreuen. Er stülpte eine Mütze über den Kopf, schlüpfte in ein Paar Schuhe, die hinten flachgetreten waren, und ging hinaus bis zur Hausecke, wagte es aber nicht, bis zum Tor zu gehen. Eine Weile blieb er im Halbdunkeln stehen. Die Neugier trieb ihn dazu, noch ein, zwei vorsichtige Schritte zu machen. Er wusste, am nächsten Tag würde er mühelos erfahren, was jetzt aus der Ferne nicht zu sehen war.

Hleanda war hinausgegangen, um zusammen mit ihren Hunden das Wort des Herrn zu verkünden, wie sie mit zorniger Stimme behauptete. Eine russische Mütze mit heruntergelassenen Klappen auf dem Kopf, in einem Morgenmantel, dessen Farbe ein Rätsel blieb, an der Taille mit einem Stück Draht zusammengehalten, und in dicken wattierten Skihosen, schrie sie so laut, wie ihre Lungen es erlaubten. In einer Hand hielt sie eine der Plastikröhren, die in den Textilfabriken als Fadenspulen verwendet werden, und benützte sie in Abständen als Blashorn. In der anderen Hand hatte sie eine Taschenlampe, wohl mit schwachen Batterien, denn der Lichtstrahl reichte nur bis zu ihren Fußspitzen. Auf ihrer Brust glänzten Dutzende von Abzeichen und Medaillen – schwer zu sagen, woher sie die hatte – in den verschiedensten Farben und Formen, wie die Kugeln an einem Christbaum. Diese Brust mit Medaillen und Abzeichen beladen, wie sie die Anwohner der Straße nur aus dem Fernsehen kannten, führte Hleanda selbstsicher und mit der donnernden Stimme eines Generals ihre Vierbeinerarmee an. Ab und zu blies sie in ihr Horn, das einmal tief und langgezogen klang wie eine Schiffssirene, dann wieder dünn und metallisch quietschend oder matt und trist. Wenn sie ihre Drohungen und Flüche ausstieß, jaulte der Hundechor dazu, sodass man hätte meinen können, die armen Tiere würden lebendig gehäutet.

»Ihr sitzt in euren Häusern und schimmelt vor euch hin, ihr Sünder, während unser Herr Jesus Christus am Kreuze blutet …

Die Zeit der Ernte wird kommen, und eure Zweige werden leer und voller Würmer sein. Tut Buße, sage ich euch! Streut Asche auf eure Häupter!

(Wauu-wauuuuuuuuuu! Wauuuuuuuuu! Wau-wauuuuuuuu-uuuuuuuuuu!)

Wahrlich, ich sage euch, das Ende der Welt ist näher als ihr glaubt, es ist schon fast am Bahnhof. Wenn es unsere Häuser erreicht, wird es Zähneknirschen geben!

Fürchtet euch, ihr guten Menschen, fürchtet euch heute, denn morgen wird es zu spät sein. Nehmt Seine Strafe mit Bedacht auf euch und freut euch darüber.

(Wauu-wauuuuuuuuuu! Wauuuuuuuuu! Wau-wauuuuuuuu-uuuuuuuuuu!)

Bereut und betet, lasst ab von Wein und Schnaps, meine Nachbarn, und liebet den Sohn des Volkes. Denn es kommt der quälende Hunger und das Zerschmettern der Knochen … Unsere Ziegelwände sind wie Löwenzahnflaum auf Seinen Lippen. Wie eine Hühnerfeder …

Wie ein Blatt im Sturm ist euer Geld, nur das gute Herz ist schwer wie ein Amboss! Esst Ozeanfisch, Brüder! Und Fruchtmarmelade!

(Wauu-wauuuuuuuuuu! Wauuuuuuuuu! Wau-wauuuuuuuu-uuuuuuuuuu!)

Wie die Ratten werdet ihr immer dicker, während Seine Hände und Füße blutige Tränen weinen … Ihr dreht die Nägel in Seinen Wunden, ihr Sünder, Tag für Tag, Stunde um Stunde, mit euren Gelüsten und Lügen … Mit dem Fleisch, das ihr verzehrt!

Ihr dreht die Nägel mit der Kraft, mit der ihr die Weinpresse dreht.

Euer Mund stinkt nach Schnaps, euer Herz stinkt nach Aas …

Esst Ozeanfisch, Brüder, und wascht euch von euren Sünden rein!

(Wauu-wauuuuuuuuuu! Wauuuuuuuuu! Wau-wauuuuuuuu-uuuuuuuuuu!)

Oh Herr, sie tun mir leid, sei gnädig zu ihnen … verzeih ihnen, oh Herr, ihre Dummheit!

Betet, ihr guten Menschen! Unser Stolz und unsere Ehre – Ceaușescu und Rumänien!

Ich sehe die Zeit der grausamen Strafen kommen, aber wie lange kann ich noch für euch weinen?! Ihr werdet Schnee essen! Wahrlich, ich sage euch, ihr werdet euch an Schnee weiden wie die Lämmer …

Und der Schnee wird dahinschwinden, und ihr werdet Ziegelsteine zerstoßen. Eure Lippen werdet ihr mit lauwarmer, durch Mull gefilterter Brühe benetzen. Das wird euer Heiliges Abendmahl sein, ihr Sünder! Die Regenwürmer werden sich an den Wänden eurer Häuser weiden, und ihr werdet euch um sie raufen … Der Wind wird über die Fundamente eurer Häuser wehen wie über das Gras.

(Wauu-wauuuuuuuuuu! Wauuuuuuuuu! Wau-wauuuuuuuu-uuuuuuuuuu!)

In Horden werdet ihr dahingehen und in Häusern wohnen, die übereinandergestapelt sind.

Ihr werdet Wasser aus Rohren trinken, und ihr werdet vor Hitze und Kälte vertrocknen.

Der Pechregen wird kommen und eure Fenster verdunkeln. Danach wird der Regen kommen, der Verwesungsregen!

Und der Hunger wird unter uns weilen wie ein Bruder.

(Wauu-wauuuuuuuuuu! Wauuuuuuuuu! Wau-wauuuuuuuu-uuuuuuuuuu!)

Das ist die Wahrheit, ich sage es euch!

In den Waggons, in die ihr Weizen geladen habt, werdet ihr Schlamm vorfinden!

In den Waggons, in die ihr Hafer geladen habt, werdet ihr schwefligen Brei vorfinden!

Im Ährenwaggon werdet ihr Kaninchenkot und in dem mit Mais verdorbenes Fleisch vorfinden. Esst Ozeanfisch, sage ich euch!

(Wauu-wauuuuuuuuuu! Wauuuuuuuuu! Wau-wauuuuuuuu-uuuuuuuuuu!)

Und Krankheit wird bei uns weilen wie eine kleine Schwester.

Ihr werdet lachen, ihre Zöpfe flechten und sie zur Schule schicken, damit sie gute Noten erhält. Brav und gehorsam wird sie sein. Hinter ihr wird das Fleisch in nagelgroßen Stücken vom Bein fallen, so wie die reifen Trauben vom Rebstock.

Die Furcht wird unter uns weilen wie ein liebender Vater, ich sage es euch.

Bereut, ihr guten Menschen. Lasst ab von Wein und Schnaps, lasst ab von der Wollust und Lüge, lasst ab von bösen Gedanken, geht zur Schule und lernt, lernt und lernt noch einmal, esst Ozeanfisch, es lebe der 23. August!«*

Die heisere Stimme Hleandas war bis spät in die Nacht zu hören.

Am nächsten Tag wurde über nichts anderes geredet. Wieder einmal erinnerte man sich mitleidig der Geschichte ihres Lebens. Papa Hrib konnte sich noch an ihren Vater erinnern, einen Geistlichen voller Energie, von dem man erzählte, dass er mit den Legionären kokettiert hatte.* Aber er, Papa Hrib, war sich da gar nicht so sicher, denn damals sagte man schnell über jemanden, der nicht für das Regime war, dass er Legionär sei. Sicher war nur, dass er, da er dem Heer des Herrn nahestand, exkommuniziert und danach wegen antikommunistischer Agitation eingesperrt wurde. Wahrscheinlich war er im Gefängnis gestorben. Hleanda ging als Lehrerin in ein Dorf. Von dort kehrte sie verwirrt zurück, und ihre Mutter starb kurz darauf in jenem Haus am Ende der Straße. Eine Zeit lang war Hleanda ruhig gewesen, nur dass sie Tüten und Drahtstücke sammelte. Erst in den letzten Jahren hatte sie begonnen, die Menschen auf der Straße anzuhalten und mit ihnen über Gott und die Welt zu reden.

Sie endete tragisch. Nicht ganz zwei Monate nach der nächtlichen Prozession fand man im Hof ihre entstellte Leiche, von gefrorenen Blutpfützen umgeben. Die Hunde hatten vor allem ihr Gesicht angefallen. Blutige Hundespuren im Schnee führten bis zur Straße. Die Miliz holte die Leiche ab, und die Hundefänger nahmen die Hunde mit. Die Ermittlungen blieben oberflächlich. Niemand konnte herausfinden, was zwischen ihr und den Hunden, die sie beschützt hatte, vorgefallen war. Der Frühling fand das Haus verlassen vor und bereit, über dem Kessel mit gekochten Maiskörnern in sich zusammenzufallen.

Die Bulldozer drangen am Ende doch nicht bis zur Akazienstraße vor, und auf dem Bauschutt wuchsen Brennnessel, Klettenbüsche und Bärlauch. Ab und zu ging jemand dorthin, um einen Ziegelstein oder ein Stück Eisen herauszuholen, das für irgendeine Reparatur im Haus nötig war. Die Kinder spielten Verstecken. Das ging so bis nach der Revolution, als das Grundstück der Gemeinde unter ziemlich unklaren Umständen abgekauft wurde. Dann entstand darauf das Haus des Oberst.

Nur dass er nichts über die Geschichte dieses Grundstücks wusste, und die älteren Anwohner der Straße, die sich komplizenhaft zulächelten, warteten jeden Tag darauf, dass die ersten Risse in den Wänden des »Schlosses« auftauchten.

Das war ihre kleine Rache.

Viertes Kapitel

– in dem Mitu, der Depp der Übergangsgesellschaft, Lichtlein, die Braut der Arbeitslosen, heiratet.

»Habt ihr die schlechte Nachricht schon gehört?« »Welche denn? Es gibt ja eine ganze Menge …« »Die schlechteste von allen. Lichtlein ist tot …« »Gott hab' sie selig! Aber welches Lichtlein, Mitu?« »Na, welches, das vom Ende des Tunnels natürlich …« »Was für Scherze macht dieser Mitu! Fast hätte ich umsonst eine Träne vergossen … Zum Wohl!« »Lacht nicht, ich wollte sie heiraten. Die größte Hochzeit der Geschichte: Der Depp der Übergangsgesellschaft mit dem Lichtlein vom Ende des Tunnels, was sagt ihr dazu?« »Romeo und Julchen.« »Na, na!« »Die wievielte Ehefrau wäre das, Mitu?« »Die siebente, wenn du deswegen besser schlafen kannst. Das Problem sind nicht die Ehefrauen, sondern die Schwiegermütter. Sieben Ehefrauen heißt sieben Schwiegermütter …« »Das habe ich gar nicht bedacht …« »Gott hat mich doch vor etwas bewahrt, und zwar, dass ich Iliescu* zur Schwiegermutter bekomme.« »Was hast du gegen das ›Großmütterchen‹? Hat sie dir vielleicht was geklaut?« »Das nicht, aber sie grinst ständig und bringt mich auch zum Grinsen. Stell dir vor, meine Frau kommt zu mir und sagt, dass wir kein Geld mehr zum Brotkaufen haben, und ich grinse, weil ich sehe, wie Iliescu grinst. Oder mein Chef sagt zu mir, dass ich ab morgen arbeitslos bin, und ich grinse, eben weil ich Iljitsch grinsen sehe. Hat er denn keine Sorgen?« »Und was macht's, wenn du grinst? Kriegst du deswegen keine Rente mehr?« »Wahrscheinlich hat er sich einen Kiefernerv während der Wahlen eingeklemmt, der Arme!« »Wenn ihr ihn noch weiter auf den Arm nehmt, werde ich fuchsteufelswild!« »Da schau, wie empfindlich der Typ geworden ist!« »Mitu, erzähl lieber die Geschichte von deinem Schwiegervater, der das Geld mit der Mistgabel umgedreht hat.« »Was soll das, habt ihr mich vielleicht im Lotto gewonnen?!« »Ticu, ein Wodka für Mitu! Schreib's an …« »Mal sehen, ob im Heft noch Platz ist.« »Und ein Blatt Minze, Ticu, damit es seine Schwiegermutter nicht mitkriegt.« »Na, Vetter, bist du schon wieder wach? Ist deine Stimme wieder da? Ich hab dich seit vorigem Jahr nicht mehr mit so niedrigem Blutalkoholspiegel erlebt.« »Was wollt ihr, ab und zu ist doch wohl ein Fehler erlaubt!« »Der nimmt ja Medikamente, der Arme, hört auf über ihn zu lachen!« »Seine Frau gibt ihm Vitamin C und erzählt ihm, das wäre gut gegen Leberkrebs.« »Da schau, wer da Scherze macht! Ist es wahr, das du der Gnädigsten die Rente gegen Unterschrift übergibst?« »So, Schluss damit, hört auf mit dem Blödsinn! Wie ist es, Mitu?« »Gut ist es, Genossen, es könnte aber besser sein. Wir werden zu neuen Höhen des Fortschritts und der Zivilisation gelangen. Zum Wohl!« »Wir werden das Plansoll für leere Flaschen um fünfzehn Prozent überflügeln. Zum Wohl!« »Nur durch die Hingabe und Aufopferung des Herrn Ticu, bitte schön!« «Zum Wohl!« »Alle sollen leben, nur wir sollen nicht sterben, wie mein Schwiegervater sagt.« »Welcher denn, der mit dem Geld wie Heu?« »Aber nein, der hatte ja keine Ahnung, wie man gut lebt. Er trank den Schnaps mit der Pipette, so geizig war er. Der wäre imstande gewesen, sich den Alkohol per Spritze direkt ins Hirn zu befördern, damit ja nichts unterwegs verloren geht. Es stimmt aber, dass er Geld wie Heu hatte. Damals hatte ich selber mehr Kohle, das ist auch wahr. Da war ich noch nicht der Depp der Übergangsgesellschaft, Teufel noch mal! Und damals war ich um nichts gescheiter als jetzt, das sage ich euch.« »Stimmt es, dass dein Schwiegervater stinkreich war?« »Die Scheine kamen ihm nur so aus den Ohren. Ihr werdet lachen, wenn ihr hört, wie ich draufgekommen bin, dass er haufenweise Geld hat. Er hat sein Leben lang in der Möbelfabrik gearbeitet … Da könnt ihr euch vorstellen, an was er so herankam: Furnier, Pressspannplatten, Leim, Nägel, Schrauben, Holzlack, Industriealkohol … Alles, was er aus der Fabrik herausschmuggeln konnte, hat er verkauft. Nichts war vor ihm sicher. Ab und zu verkaufte er auch mal ein Sofa oder einen Schrank, den er stückweise aus der Fabrik herausbrachte, oder vielleicht eine Umkleidung für die Küchenspüle, aber das passierte nicht so oft. Sogar die Holzspäne verkaufte er, als Füllmaterial für Fußböden oder zum Verbrennen. Zu Hause hatte er eine eigene Tischlerwerkstatt, die noch mal Geld einbrachte. Die Schwiegermutter arbeitete im Schlachthaus. Noch so eine Arme. Richtig mitleiderregend. Es war lustig zu beobachten, wie sie versuchten, voreinander das Geld zu verstecken. Es war wie Dick und Doof. Meine damalige Frau hat mir erzählt, dass sie das immer so gemacht hatten, schon als sie klein war. Sie haben sie abwechselnd heimlich zu sich gerufen, um ihr Geld für irgendwelche Einkäufe zu geben. Adela erzählte, dass ihre Mutter die Hunderter-Scheine zusammenrollte und im Inneren der Lockenwickler aufbewahrte. Sie hatte sie ganz zufällig dort entdeckt. Sie hatten ein Haus, ein Auto, machten jedes Jahr Urlaub, aber es gab nichts anderes, wofür sie hätten Geld ausgeben können, wenn ihr euch das vorstellen könnt. So war es eben zu Ceauşescus Zeiten. Fast alle hatten Geld, aber nicht alle konnten das kaufen, was sie sich wünschten. Auch wenn man zu Hause einen Hut voll Geld hatte, konnte man trotzdem nirgends einen Lungenbraten finden, außer in der Parteikantine. Man hatte eine Mütze voll Geld, aber man konnte trotzdem nicht nach Italien fahren, wenn einem danach war. So war es damals eben. Eines Tages machte der Schwiegervater gerade irgendwelche Klebe-Arbeiten in seiner Werkstatt und benützte dazu Fischleim. Ein Zeug, das aussah wie Weihrauch, musste auf dem Feuer in einem kleinen Spezialkübel mit doppeltem Boden aufgelöst werden. Als ihn seine Frau zum Essen rief, ließ er den Kübel, in dem noch ein Rest Klebstoff war, auf der Werkbank stehen. Vermutlich vom Geruch angelockt, machte sich inzwischen eine verspielte junge Katze daran zu schaffen, und der Kübel kippte um, direkt auf ihren Kopf. Gott sei Dank war es nicht mehr heiß! Ich saß gerade wie ein Pascha auf einem Baumstamm im Garten und rauchte eine nach dem Essen. Plötzlich sehe ich, wie die junge Katze verschreckt im Zickzack läuft und zum Dachboden der Werkstatt saust, wo ihr Schlafplatz war, denn es gab mehrere Katzen. Von oben war ein großer Radau zu hören, umgefallene Einmachgläser, Waschschüsseln, das ganze Gerümpel, was auch immer mein Schwiegervater dort aufbewahrte. Wahrscheinlich hatte die Katze dort alles umgeschmissen. Plötzlich erscheint sie wieder, ganz blau, vollgeklebt mit lauter Hunderter-Scheinen, das Bălcescu-Portrait flattert mehrfach an ihr, und sie rast wie eine Irre in Richtung Garten. Ich rufe den Schwiegervater und sage ihm, was ich gesehen habe. Der wird ganz gelb im Gesicht und zischt munter in Richtung Garten ab. Er ruft die Katze, bis er sie auf dem Nachbarhof miauen hört, daraufhin lässt er sich auf hundert Meter Hindernisse ein, wobei er flucht, dass die Zäune wackeln. Anscheinend hatte das Training in der Fabrik, wo er vollbeladen über die Zäune sprang, ihm gutgetan, denn er war äußerst flink. Ich habe auch einen Hundert-Lei-Schein abbekommen, den ich zwischen den Gurkenpflanzen gefunden habe. Den Klebstoff daran habe ich mit dem Nagel heruntergekratzt, hab dem Bălcescu ein Küsschen aufgedrückt und konnte mir damit eine Woche lang Cognacs leisten. Der Schwiegervater, der Geizhals, hat nicht einmal einen ausgegeben. Danach habe ich mich lange Zeit über ihn lustig gemacht, dass er die Hunderter auf dem Dachboden trocknet wie Maiskolben und sie mit der Heugabel wendet, damit sie nicht schimmeln. So viel hatte ich damals nicht, aber etwas Kohle hatte ich doch, da war ich noch nicht der Pleitier der Übergangsgesellschaft wie jetzt. Damals, als es nichts zu kaufen gab, was hätten die Leute mit dem Geld schon tun sollen? Sie haben's auf die Sparkasse gebracht, wisst ihr noch? Oder in die Socken geschoben. Wer nicht genug Socken hatte, steckte es in die Matratze, so wie die Nachbarin meiner Mutter. Als es in ihrer Wohnung mal eine Überschwemmung gab, da floss es ganz dick und blau aus ihrer Matraze, irgendetwas Chemisches, da hätte man die Ostereier damit färben können. Die Leute sagen, wenn Ceauşescu das Volk gefüttert hätte, wäre er nie gestürzt worden. Kann schon sein. Ich glaube aber, dass er noch da wäre, wenn er nicht diese Sprüche mit der vernünftigen Ernährung in Umlauf gebracht hätte. Und wenn er Yoga als Staatsreligion eingeführt hätte, wäre er auch noch immer da.« »Na, komm schon, Mitu, kannst du dir etwa vorstellen, dass wir verdreht dasitzen wie Brezeln?« »Wenn man Hunger hat, gewöhnt man sich auch an den Spagat. Du hast dich doch auch daran gewöhnt, Schlange zu stehen, oder nicht? Ich rede von der Wirtschaft. Mensch, siehst du nicht, dass diese Typen mit den verknoteten Beinen nur Gras, Weizenkeime, Nüsse, Äpfel, Soja und Joghurt essen? Denen geht's ja schlechter als zu Ceauşescus Zeiten, aber sie haben nichts dagegen. Keiner zwingt sie, sich ihre Vitamine aus diesem Blödsinn zu holen, aber sie glauben daran, dass es gut ist und basta. Wenn man denen Soja gibt, hast du keine Probleme mehr, die sitzen dann mit den Füßen unterm Hintern und flach ausgestreckten Händen da, bis der Weizen keimt. Wenn sie dann noch zwei Löffel Getreide verputzt haben, ist das Leben in bester Ordnung. Wir haben so einen Hals gekriegt, als wir von Sojasalami gehört haben, aber die wären überglücklich gewesen. Stimmt's vielleicht nicht? Da hätten die noch so viel Fleisch exportieren können. Huhn, Kalb, Schwein, Lamm, was man wollte. Alles nur Unsinn, mit dem sich die Westler vollstopfen sollten, wir wollen nur Soja, das hätten diese Leute gerufen. Wir wollen nur Weizenkeimlinge! Diejenigen, die von Koteletts, Cevapcici mit Senf und Grillhuhn geträumt hätten, die wären von ihnen gesteinigt worden. Der Erschossene* hätte glatt zwei Mal die Auslandsschulden abzahlen können. Da wären die Westler baff gewesen.« »Da schau, wie sich Mitu plötzlich mit Politik auskennt! Und wieso hast du dem Durchlöcherten* nicht Bescheid gesagt?« »Aber sicher habe ich ihm das gesagt, wieso denn nicht?! Aber er hat nicht auf mich gehört. Damals, als ich bei ihm war und er mir einen Dacia geschenkt hat – na ja, keinen ganz neuen, aber immerhin –, da habe ich zu ihm gesagt, Genosse, eine Religionsrevolution wäre nach der Agrarrevolution genau das Richtige. Dieses Yoga ist doch auch eine Art von Atheismus, das wäre ja gar nicht so weit von der Parteilinie entfernt. Das wäre Gymnastik fürs Volk, Genosse. Da würden lauter kleine Nadia Comanecis sprießen, Genosse. Er sträubte sich aber. Die Leistungskurve würde steigen, wie wenn man ein Thermometer ins Backrohr schiebt. Genau so hab ich ihm das gesagt, weil ich gesehen hab, er ist ein klasse Typ. Bedenken Sie nur, wie viel Gold all die Nadias hereinbringen würden, die jetzt auf den Feldern der Heimat fleißig bei der Maiskolbenernte sind, von ihrem Sportlehrer überwacht. Wenn wir das einschmelzen, könnten wir die Auslandsschulden ganz locker bezahlen. Er sträubte sich weiter. Na ja, wer nicht hören will … Wenn er auf mich gehört hätte, dann wären wir heute nicht da, wo wir jetzt sind.« »Wenn er auf die Stimme des Volkes gehört hätte …« »Lach nur, Vetter, aber der Hunger war gigantisch. Wenn er bloß mal darüber nachgedacht hätte. Er hätte ja nicht erzählen müssen, dass das meine Idee war. Die Würmer würden ihn jetzt nicht fressen, und das Land würde nicht mit Sonnenbrillen durch den Tunnel der Übergangsgesellschaft gehen. Und ich wäre nicht der Depp dieser Welt! Ich, die Rentner und die Arbeitslosen. Vor Hunger wachsen uns schon Spinnweben auf dem Hintern. Wenn ihr den Dummen der Übergangsgesellschaft sehen wollt, den Allerdümmsten, dann schaut mal her, ich bin's … Am 22. Dezember 1989 um zehn Uhr, da hatte ich noch was im Kühlschrank, auch wenn er nicht direkt voll war, und Geld – na ja, um eine ganze Matratze damit zu stopfen hätte es nicht gereicht, warum soll ich lügen, aber für die Socke eines Basketballers hätte es allemal gereicht. Als Dreher und Fräser hat man schon was nebenbei verdienen können. Ihr kennt mich ja, zum Wohl!« »Macht nichts, Vetter, für ein Penicillinchen reicht es immer noch … Auf deine Gesundheit!« »Mensch, ich glaube, dass ich in diesem Land keine einzige Möglichkeit verpasst habe, nach allen Regeln der Kunst und völlig legal Geld zu verlieren. Mit dem Pyramidenspiel hat's angefangen. Ich habe mich von meiner Schwiegermutter anstecken lassen, die ständig von ihrer Cousine gefaselt hat, die in einem Jahr so viel verdient hätte wie sie in vierzig. Das hat sie gefuchst!

Sie hat einmal über ihre Cousine eine kleinere Summe eingezahlt und tatsächlich nach einiger Zeit achtmal so viel zurückgekriegt. Vor lauter Freude gackerte sie nur noch mehr! Aber nicht nur sie, sondern auch alle Nachbarn. Es war die reinste Krankheit. Sie haben drei Leute aus ihrer Straße ausgewählt, ihnen Geld und ihre Ausweise gegeben und sie losgeschickt, das Geld bei dem Spiel einzahlen. Sie haben ihnen den Kofferraum voll Konserven gepackt, ihnen Schlafsäcke und warme Kleidung mitgegeben, weil sie gehört hatten, dass dort ein großes Gedränge herrschte, die Hotels voll waren und man auf den Gehsteigen schlief. Jeder lief hin und her und versuchte, so viel Geld wie möglich mitzuschicken, ohne dass die anderen wussten, wie viel. Die Matratzen wurden aufgeschlitzt, die Socken ausgeschüttelt, die Lockenwickler und Einmachgläser ihres wertvollen Inhalts beraubt. Achtmal so viel, achtmal so viel, das hörte man überall. Die waren alle verrückt geworden. Eine alte Frau hat eine ihrer zwei Hennen verkauft und sich ausgerechnet, dass sie in drei Monaten neun Hennen und ebenso viele Eier haben wird, das heißt, sie würde auch welche verkaufen können.« »Das stimmt, alle waren verrückt geworden. Meine Schwester hat ihr Begräbnisgeld dort investiert, und jetzt kauft sie sich einen Sarg auf Raten.« »Ich habe ja auch meinen Propangasbehälter verkauft in der Hoffnung, dafür einen Trabant kaufen zu können.« »Was soll ich sagen, ich hab auch meine Sparsocke bis zum Knöchel geleert und hab eingezahlt. Als die Straßendelegation zurückkam, versammelten sich alle, als ob die gerade aus dem Weltall zurückgekehrt wären. Sie erzählten, dass ganz

Rumänien auf dem Weg nach Cluj war, dass es dort Menschen gäbe, die einen Sack voll Geld in den Händen hielten und vor Freude weinten, kurz, dass das neue Paradies in der Hauptstadt Transsylvaniens zu finden sei. Manche behaupteten, dieser Stoica, der Spielorganisator, wäre der Gesandte Gottes auf Erden. Von der Explosion rumänischer Inbrunst beeindruckt, hätte ihn der Himmelvater entsandt, um die Leiden dieses Volkes zu lindern, das seit Jahrtausenden unterdrückt wurde. Andere sagten, er ist die rechte Hand des Teufels, aber solange er Wort hält, ist es ihnen egal, woher er das Geld nimmt. Meine Schwiegermutter hatte mit dem Mystischen nichts am Hut und schloss sich der Meinung derer an, die glaubten, Stoica wäre Ceauşescus Mann, und der hätte ihm aufgetragen, nach seinem Tod seine Habe zu verteilen. Stoica ging also schlicht in die Schweiz, nahm das Geld von einem Konto, das nur ihm bekannt war, und brachte es unter die Leute. Ich weiß nicht, wo die Wahrheit liegt, aber meine Socke blieb nach wie vor dürr und blass. Da ich's nicht lassen konnte, habe ich auch bei einem anderen Spiel, bei Gerald, investiert, wo ich prompt wieder auf die Schnauze gefallen bin. Der Inhalt meiner Socke sank auf Fersenhöhe.« »Gott sei Dank gibt es einen, der noch dümmer ist als ich …« »Wart doch mal, Mensch, einen so dummen wie mich hast du noch nie gesehen … Ich dachte mir, jetzt ist Schluss mit dem Glücksspiel, wir gehen zu eleganteren, westlichen Dingen über, zu Aktien, Banken, Zinsen, solchem Schnickschnack halt. Ich dachte, klug wie ich bin, in zwei, drei Jahren sitze ich da mit den Füßen auf dem

Tisch, trinke Cognac und sehe abends im Fernsehen, dass meine Aktien aufgehen wie der Teig im Backofen. Und wenn mir danach ist, zünde ich mir eine Zigarre an und kassiere den Profit. Nur mehr Leben und Akkordeons! Von wegen! Es war, als ob ich einen Vertrag mit allen bankrotten Banken geschlossen hätte, so bin ich zu jeder der Reihe nach gegangen. Keine davon ist ohne meinen bescheidenen Beitrag in Lei oder Valuta zugrunde gegangen: Bancorex, Dacia Felix, Bankcoop, Bank der Regionen und alle anderen haben mich letztlich auf durchlöcherte Socken gebracht, auf dass ich dadurch den Mond betracht', wie es in dem Lied heißt. Das Lichtlein am Ende des Tunnels ist vom Scheinwerfer zur Taschenlampe geworden. Zum Wohl!« »Ich hab mich bei SAFI über den Tisch ziehen lassen! Zum Wohl.« »Ich eben auch. Jedes Mal, wenn ich mich daran erinnere, könnte ich mich ohrfeigen. Wie schön sahen diese Investmentzertifikate des wechelseitigen Fonds der Unternehmer aus, dieses SAFI … wisst ihr noch? Ich habe sie einen ganzen Tag betrachtet, verdammt gut sahen sie aus. Nach kurzer Zeit allerdings hab ich sie meinem Sohn zum Spielen gegeben. Er hat daraus Papierflugzeuge gemacht. Dazu waren sie mit ihrem Hochglanzpapier ausgezeichnet geeignet. Und was für nette kleine Büchlein die vom FNI hatten! Könnt ihr euch noch erinnern? Die habe ich heute noch zu Hause und kann sie mir anschauen, sooft ich will. Die Werbung dafür im Fernsehen hab ich noch im Ohr: ›Vertraut uns!‹, Zukunft, Investition, Wertsteigerung der Aktien, Sicherheit … Die Kinderlein gurren dabei lieblich … Der Teufel soll sie dafür holen! Leute in dunklen Anzügen und Krawatten, eigentlich richtige Gauner, stolzieren mit ernster Miene herum oder betrachten ihre Monitore. Für dein Wohlergehen, sagten sie, also für das von mir, Mitu. Da schwoll mir vor Stolz gleich die Brust, ich Trottel. So, wie diese Gauner mich übers Ohr gehauen haben, würde ich ihnen liebend gern an die Gurgel gehen. Die haben mir die letzten Kröten aus der Tasche gezogen. Mit ihren feinen Kleidern, mit ihrem Lächeln, mit den süßen kleinen Kindern und Adlern im Vordergrund, mit unvergesslichen Ferien an blauen Gestaden, damit haben sie mich arm gemacht.« »Na komm, Mitu, ich fang gleich an zu weinen …« »Aber genau so war's. Während ich vor dem Fernseher saß, haben sie mir die Taschen geleert wie die letzten Räuber. Das hier ist ja das Nimm-das-Geld-und-renn-Land. Wenn du auch nur fünf Lei hast, dann ist es besser, du steckst sie unter die Zunge. Und auch so bist du nicht sicher, dass dich nicht einer fragt, wie's dir geht, und wenn du darauf ›gut‹ antwortest, ist das Geld schon rausgefallen. Nach dem FNI hatte ich genug. Das allerletzte Geld hab ich für die Gründung des Vereins der FNI-Geschädigten ausgegeben, der unsere Interessen vertreten soll. Gestern Abend habe ich gehört, dass derjenige, der das Geld dafür gesammelt hat, der Kassierer, dem ich gern einen Draht durch die Nase ziehen würde, irgendwohin in die Karibik geflüchtet ist, wo er unsere Interessen in Gesellschaft dreier eingeborener Mädchen vertritt.« »Na bravo – gescheiter Bursche! Die Deppen zahlen es ja.« »Deswegen sag ich, das hier ist das Nimm-das-Geld-und-renn-Land. Und deswegen hat das Lichtlein vom Ende des Tunnels den Löffel abgegeben. Das Lichtlein, die Braut der Deppen, von denen ich der größte bin. Das Lichtlein, die Braut der Arbeitslosen ... Auweia, ich glaube, ich hab einen sitzen, die Zunge wird mir schwer.« »Zum Wohl! Glück sollst du haben und eine Neubauwohnung!« »Herr Ticu, einen Schnaps, sonst muss ich weinen.« »Na ja, wenigstens sind wir jetzt dahintergekommen. Hört mal, wenn das der Tunnel ist, sooooo lang, dass einem übel wird, dann ist dieses kleine, schwache Lichtlein an seinem Ende nicht die Sonne, sondern ein Farbfernseher, das sage ich euch!« »Dann auf Lichtleins Seele, Mitu!« »Gott hab sie selig. Zum Wohl!«

Fünftes Kapitel

– in dem Frau Vera Socoliuc sich sorgfältig darauf vorbereitet, krank zu werden.

Das zweite Haus, an dem die unglaubliche Nachricht, die binnen eines halben Tages in der ganzen Straße die Runde gemacht hatte, vorüberging, war das Haus der Familie Socoliuc. Die Gründe dafür, dass es aus dem geheimen Netzwerk ausgeschlossen wurde, waren für fast alle andere als im Falle des Oberst. Zumindest auf den ersten Blick. Nur die aufmerksamsten Kenner der Vergangenheit des Herrn Socoliuc hätten wie eine latente Vibration die Gemeinsamkeiten der zwei Familien erkennen können, die nun dazu führten, dass sie sich in der gleichen Lage befanden.

Jeder, den man in der Akazienstraße gefragt hätte, warum er nicht bei den Socoliucs vorbeigegangen war, um ihnen zu erzählen, was geschehen war, hätte sehr wahrscheinlich angegeben, dass man so etwas nicht tut, wenn sich im Hause ein Kranker befindet. Und doch, als Frau Stegaru vor Jahren mit Gelbsucht im Bett gelegen hatte, hatte sich keiner von ihnen geziert, sie immer wieder zu besuchen, ihr die Neuigkeiten zuzutragen, einen Apfel mitzubringen und ihr Mut zuzusprechen. Es war nicht so sehr die Krankheit, die sie vom Haus der Familie Socoliuc fernhielt, sondern vielmehr die Art, in der die Dame des Hauses diese Bürde trug, die Art, in der sich die Krankheit irgendwie im ganzen Haus eingenistet hatte, in den Gegenständen wie in den Menschen, und die gesamte Aufmerksamkeit auf sich zog, bis sich alles nur noch um sie drehte. Diese Art, mit der Krankheit umzugehen, erinnerte die älteren Anwohner der Straße daran, wie die junge Frau Socoliuc in das Haus ihrer Schwiegereltern gekommen war. Diejenigen allerdings, die nichts über die kapriziöse junge Frau von damals wussten und von ihrem unbändigen Wunsch, das Haus der alten Socoliuc umzumodeln, erinnerte die Art, wie sich die Krankheit bis in die entlegensten Winkel des Hauses, ja sogar der Nebengebäude ausgebreitet hatte, eher an die Herrschsucht der Dame des Hauses, die auch dann offensichtlich war, wenn sie eine Schürze trug. Oder sie erinnerte eben an die Art, wie ein Todesfall in der Familie oft unwiderruflich seine Herrschaft über alle auszubreiten scheint, sogar über die nahen Verwandten und die Nachbarn. Frau Socoliuc ertrug ihre Krankheit so, als würde sie sich bis ins letzte Detail aufs Sterben vorbereiten, wie es nur autoritäre und misstrauische Menschen zu tun verstehen. Selbst wenn dieser Eindruck vielleicht nur dadurch entsteht, dass die betreffende Person auf andere Weise isst, spazieren geht, ihr Haus baut und einrichtet oder ihre Krankheit erträgt.

Vielleicht war das auch ein Berührungspunkt mit dem Haus des Oberst, das seinerseits sehr verschieden von den anderen in dieser Straße war.

Vielleicht war das auch der Grund, warum diese beiden Häuser nicht an die Verbindungswege angeschlossen waren, über die sich die Neuigkeiten verbreiteten.

Wenn die Anwohner der Akazienstraße behaupteten, dass man in Gegenwart eines Kranken keine Neuigkeiten erzählt, hatten sie im Grunde das Bild von Frau Socoliuc vor Augen. Denn durch die Art, wie sie ihr Krankenbett vorbereitete, dessen Umgebung herrichtete, durch die Art, wie sie anderen begegnete und ihren Übergang ins Jenseits inszenierte, fühlten sich alle eher mit einem bevorstehenden Tod als mit einem Krankheitsfall konfrontiert. Und ihre anfänglich sonderbar anmutende Ausrede, dass es sich nicht schicke, einem Kranken Neuigkeiten zu erzählen, bekam plötzlich einen Sinn; sie bedeutete: Vor einem Toten spricht man nicht. Das heißt, man redet nicht über Alltägliches oder über Gerüchte, sondern nur über die Ewigkeit, und das kann der Geistliche am besten tun.

Schon bei den ersten Kranheitssymptomen machte Frau Socoliuc ihr Haar zurecht, zog den für den Sonntagnachmittag reservierten Hausmantel an, richtete ihr Bettlager in der guten Stube ein und nahm die weiße, reine, gut gestärkte und gebügelte Unterwäsche, die nach Lavendel roch, in Gebrauch. Danach ordnete sie mit schwacher, aber bestimmter Stimme an, dass man im Flüsterton zu sprechen habe und dass die Hühner in die Einzäunung im Hinterhof eingesperrt werden sollten, fern von dem Ort, an dem sie ihrem Leiden zu begegnen gedachte. Erst nachdem sie sich so bis ins letzte Detail eingerichtet hatte, gestattete sie, dass ihr die Blässe in die Wangen stieg und die Beine zitterten. Sie verlangte, dass man ihr die Mahlzeiten ans Bett brachte, und zwar auf einem Tablett, das schon seit Jahren nicht mehr aus dem Schrank im Flur herausgenommen worden war. Danach zog sie sich in ein erholsames und würdevolles Schweigen zurück, das sie nur für kurze, mit fast sanfter Stimme ausgesprochene Befehle unterbrach. Sie antwortete, als ob sie ihre Kräfte schonen wollte, stets einsilbig und erst, nachdem die Frage zwei-, dreimal wiederholt worden war. Die Anwohner der Straße, die nur dann im Bett blieben, wenn sie schwer krank waren; die liebend gerne das Bett in der Küche dem in der guten Stube vorgezogen hätten, genauso wie sie eher das Hin und Her der Familie und die Essensgerüche dem Geruch der Quitten oder kristallisierten Marmeladen vorgezogen hätten; die viel lieber jeden angejammert hätten, der über ihre Schwelle trat, als in ein langweiliges Schweigen zu versinken, für all diese Menschen also war ihr Benehmen regelrecht unangebracht, ja sie hegten gar den Verdacht, sie leide eher an »einer Gemütskrankheit als an irgendeiner Krankheit, die einen konkreten Körperteil betrifft« (so Herr Petrică). Die Ältesten unter ihnen schienen nicht ganz so überrascht zu sein; sie erinnerten sich an die Erzählungen der alten Socoliucs über die merkwürdigen Angewohnheiten ihrer Schwiegertochter.

Octavian Socoliuc – Tavi, wie ihn seine Familie nannte –, das einzige Kind der alten Socoliucs, das sie wegen gesundheitlicher Probleme recht spät bekommen hatten, war bis zu seinem zwanzigsten Lebensjahr in der Akazienstraße aufgewachsen, dann jedoch gezwungen gewesen, nach Bukarest zu gehen, um seine Studien zu vervollständigen. Nur so hätte er später als Fahrdienstleiter arbeiten können, wie es sein Vater wünschte, der selbst Bahnhofsangestellter war, Abteilung Ankauf. Von dort war Tavi nicht nur mit dem Abschlussdiplom, sondern auch mit Fräulein Vera zurückgekommen, die ein anmutiges und immer lächelndes Mädchen war, nach Meinung der Alten aber auch ein Mädchen voller unangebrachter Anspüche. In ihren erstaunten Ausrufen und in ihrer Art zu sprechen – einem leichten Singsang, der von den privaten Italienischkursen herrührte –, entdeckten die Alten beim ersten Besuch des Fräuleins einen Anflug von Ironie, was ihre Lebensweise betraf, und einen kaum verhehlten Willen, alles zu verändern. Diese Aura einer Person, die entschlossen war, alle um sich herum zu zivilisieren, sich um eine Revolution des Geschmacks im Haushalt zu bemühen, das alles spürten die Alten aus den gesungenen Worten heraus, und es gefiel ihnen gar nicht. Tavi hörte leicht verwundert und nicht ohne einen gewissen Stolz den witzigen Bemerkungen seiner Geliebten zu, und diese betrafen die Blumenbeete, das Gras, die Farbe des Außenanstrichs, das Glas der Eingangstür, die Zusammenstellung der Familienfotos an den Wänden und die Verteilung der Möbel. Fräulein Vera zeigte sich überaus entzückt von den goldigen Knäueln mit Schnäbeln und dünnen Beinchen, die in einer Art von Käfig – in einem Kreis in die Erde gespießter Ruten, deren freie Spitzen gebogen und mit Draht zusammengebunden waren – Getreidekleie pickten. Sie bewunderte sogar diese findige Art, das Essen der Küken vor den gierigen Schnäbeln der erwachsenen Hennen zu schützen, die nicht durch die Ruten passten und somit die Konservendose mit der Kleie nicht erreichen konnten. Als Fräulein Vera freilich an die Stelle kam, wo die goldigen Knäuel die Nacht verbrachten, führte sie anmutig die Hand zur Nase, hielt sich die Nüstern zu, schnitt eine Grimasse und erklärte in einem sehr melodischen Tonfall, wenn jeden Morgen jemand mit einem kleinen Besen käme und diesen Ort zumindest oberflächlich sauber machte, sei der Geruch zufriedenstellend zu beseitigen, der – und da entschuldigte sie sich – schlicht unerträglich geworden sei. Nicht ohne Humor suchte die alte Frau Socoliuc in den Taschen ihrer Schürze nach einer Wäscheklammer und bot sie allen Ernstes dem Fräulein für dessen Nase an. So machten sie es immer, setzte Frau Socoliuc hinzu, nur dieses Mal hätten sie sich vor ihr geschämt. Fräulein Vera nahm das ernst. Nach zwei, drei Minuten fingen alle an zu lachen, und das Fräulein musste anderthalb Tage mit roter Nase herumlaufen. Während dieser Zeit wurde sie nicht müde, Tavi immer wieder zu erklären, dass sie das für einen nicht sehr gelungenen Scherz hielt; sie fände es nicht nur unwürdig, sondern geradezu monströs, dass er über so etwas Barbarisches lachen konnte.

Auch zwischen Fräulein Vera und ihrem zukünftigen Schwiegervater ergab sich ein kleiner Vorfall, der Schwingungen in Gang setzte und damit lange nachwirkte. Vorfall ist vielleicht zu viel gesagt; eher ein Wortwechsel, eine Meinungsverschiedenheit. Es kam dazu, als sie zusammen die paar Schritte zwischen der Haustür und dem Tor gingen. Der alte Socoliuc war sehr stolz darauf, dass die Straße vor Kurzem und durch sein entscheidendes Zutun mit Bruchstücken von Ziegeln gepflastert worden war. Durch geschicktes Manipulieren von Unterlagen war es ihm gelungen, einige Lastwagen mit Ziegelbruch in diese Straße umzuleiten. Es handelte sich um Ziegelreste, die nach dem Entladen in den Eisenbahnwaggons zurückgeblieben waren. Dazu hatte er eine Gruppe von Arbeitern organisiert, die gemeinsam mit ein paar Nachbarn die Ziegelstücke gleichmäßig verteilten und damit die Schlammlöcher zuschütteten, die zuvor nur über ein paar Trittsteine und an schwierigen Stellen Bretterstege zu durchqueren gewesen waren. Danach wurde der alte Socoliuc für einige Zeit zum Helden der Straße, und mehrfach wurde er dankend erwähnt. Daher war er entzückt, als das Fräulein zwitscherte, die Straße gefalle ihr, sie sehe mit den Ziegelsteinen so exotisch aus, wie auf dem Mars. Traurig wurde Socoliuc jedoch, als die junge Frau aufrichtig zugab, dass sie in so einer Straße nicht wohnen könnte, in der man seine zierlichen Schuhe ruiniere, mit den Absätzen zwischen den Steinen hängenbliebe und sich jeden Moment den Knöchel verstauchen konnte. Dann fragte sie ihn, ob bei Regen von den Ziegelstücken das Wasser rötlich werde, worauf der alte Mann nachdenklich antwortete, das wisse er nicht, er habe nie darauf geachtet.

Die Verbindung zwischen Tavi und Vera verlief nicht ohne Wechselfälle. Trotz der Bedenken des Alten und der Feindseligkeit der zukünftigen Schwiegermutter fand die Hochzeit statt, und das Fräulein Vera wurde eine Zeit lang von der ganzen Straße »die Bukaresterin« genannt. Erst nach einigen Jahren erfuhr die alte Socoliuc das Geheimnis der Asphaltierung bis kurz vor ihr Haus, durch welche die Straße in zwei Farbzonen geteilt wurde, die eine schwarz, die andere rötlich. Die Asphaltierung war Gegenstand von Verhandlungen gewesen, erst zwischen Tavi und Vera (nur unter dieser Bedingung war sie bereit, hier herzuziehen), dann zwischen Tavi und dem alten Socoliuc (wegen einer Karriere des Sohnes bei der Eisenbahn). Eine Woche, nachdem die Lastwagen das Bitumen gebracht hatten und der heiße Asphalt ausgewalzt worden war, füllte sich der Hof der Familie Socoliuc, jetzt überdacht und von Lokomotiv-Scheinwerfern beleuchtet, mit Hochzeitsgästen. Die Asphaltierung hatte gerade rechtzeitig stattgefunden, und die alte Socoliuc wunderte sich gegenüber jedem Gast darüber – »Ich hätte nicht gedacht, dass ich das noch erlebe!«

Tavis Tante, die Schwester seiner Mutter, fand, Vera sehe der alten Frau Socoliuc in ihrer Jugend sehr ähnlich, was der alte Socoliuc von ganzem Herzen und mit Augenzwinkern bestätigte. Von Seiten der Braut waren nicht allzu viele Verwandte oder Bekannte gekommen, dafür aber fehlte keine Familie aus der Akazienstraße bei diesem Ereignis – ein Beweis für die Wertschätzung, welche die alten Socoliucs genossen, obwohl sie in ihren Hof eine Bukaresterin aufgenommen hatten. Die Hochzeitsreise dauerte nur zwei Wochen, während derer sich das Echo der Hochzeit nur mit dem der Asphaltierung messen musste. Alle wussten, welchen Umständen sie diese Freude verdankten, und keiner erwartete eine Weiterführung der Arbeiten. Außerdem waren die Baumaschinen längst abgezogen. Alle wussten es, außer der alten Frau Socoliuc, die hin und wieder zum Tor kam, die Augen mit der Hand abschirmte und in Richtung Negru-Voda-Straße sah, in der Hoffnung, einen Lastwagen oder Kompressor zu erblicken. Wenn sie am Tor stand, wechselte sie ein paar Worte mit dem einen oder anderen Nachbarn. Bald wetterte sie gegen die Verbrecher, die eine Sache angefangen und nicht zu Ende geführt hatten. Der jeweilige Nachbar pflichtete ihr bei und überlegte, wie er so schnell wie möglich verschwinden konnte. Als sie dann nach einigen Jahren von ihrem Mann erfuhr, was der wirkliche Grund für die Asphaltierung gewesen war, konnte sie ihm nur schwer verzeihen, dass er sie so lange als Närrin hatte dastehen lassen. Zudem fühlte sie sich von ihrem Sohn verraten, den sie verhätschelt hatte, oft heimlich, denn der alte Socoliuc hatte strengere Erziehungsgrundsätze vertreten, vor allem, wenn es um einen Buben ging. Jedes Mal, wenn sich die Alte an ihre Begeisterung vor den Hochzeitsgästen erinnerte oder an den Unmut, den sie später den Nachbarn gegenüber geäußert hatte, musste sie zu einem Beruhigungsmittel greifen. Die Tatsache, dass alle Nachbarn dichtgehalten hatten, deutete sie als Zeichen der Solidarität mit Vera, was sie nun gar nicht verstehen konnte. Der alte Socoliuc ertrug die ständigen Vorwürfe seiner Gattin stoisch und war nur froh, dass ihr nichts von den Risiken zu Ohren gekommen war, die er auf sich genommen hatte, um die Asphaltierung herbeizuführen, oder von den kleinen Unregelmäßigkeiten, die er dabei begangen hatte und die ihnen, wenn er Pech hatte, ihre alten Tage zur Hölle machen konnten.

Am Tage nach der Rückkehr der frisch Vermählten von der Hochzeitsreise ging Tavi zum Bahnhof, um seine Anstellung in die Wege zu leiten. Vera blieb bei ihrer Schwiegermutter und den Aufgaben des Haushalts. Als sie zusammen darüber nachdachten, was sie zu Mittag kochen sollten, schlug ihr die Alte vor, doch Tavis Leibgericht zuzubereiten, Bohnenragout mit Schweinshaxe. Gesagt, getan. Die Alte schickte Vera in den Hof der Stegarus, um Wasser zu holen, denn das war gerade ausgegangen. So lernte Vera Frau Stegaru kennen, die ununterbrochen lächelte und sie sogar auf einen Kaffee einlud, »auf einen richtigen, keinen Ersatzkaffee«. Vera lehnte höflich ab, denn sie hatte es eilig, nach Hause zu kommen. Es war das erste Mal, dass sie offiziell für Tavi kochte, und sie wollte, dass es eine echte Überraschung wurde. Die Alte erbot sich, ihr dabei zu helfen, doch Vera wollte nichts davon hören, denn ein schmackhaftes Bohnenragout konnte sie auch allein zustande bringen. So blieb Vera vorläufig Herrin der Küche. Die Alte zog sich in die Sommerküche hinter dem Haus zurück. Vera lief emsig hin und her, angeregt von dem Gedanken, dass es eine Überraschung werden sollte. Sie machte für ihr Leben gern Geschenke, und diese erste Mahlzeit mit dem Leibgericht ihres Mannes war auch eine Art Geschenk, nur eines ohne Schleife. Sie fand sich mit den Töpfen, den Messern und Zutaten der Alten nicht zurecht, die ihrer Meinung nach alle verkehrt aufgestellt waren. Sie hätte sie ganz anders untergebracht, viel sinnvoller. Obwohl man dafür den Raum um dreißig Zentimeter nach hinten hätte vergrößern müssen. Der Tisch, stellte sie sich vor, sollte draußen gedeckt werden und nicht in der Sommerküche, wo die Familie sonst zu essen pflegte, was dem Moment des Beisammenseins jeden Charme nahm. Sie wollte den Tisch mit Gartenblumen geschmückt sehen, die Tavis Eltern jedoch nur zu Geburtstagseinladungen mitnahmen und niemals auf den eigenen Tisch stellten. Auch streute Vera gern feingehackte Petersilie über das Essen auf den Tellern. Nirgends konnte sie einen Brotkorb nach ihrem Geschmack finden. Sie würde bei nächster Gelegenheit einen besorgen! Die steifen weißen Servietten und der Salzstreuer aus grobem Glas begeisterten sie ebenfalls nicht. Nirgends auch nur die leisteste Spur von Raffinement!

Die Bohnen brodelten vor sich hin und verbreiteten einen dichten, übelriechenden Dunst. Irgendwie nach Ammoniak. Sie seihte das erste Kochwasser ab, goss neues, lauwarmes Wasser dazu und probierte die Bohnen – steinhart! Als die Luft in der Küche stickig wurde, bemerkte Vera die offensichtlich mangelhafte Belüftung. Der Dielenfußboden war auch nicht berühmt. Er quietschte mal hier, mal dort, und zwischen den Brettern hatte sich reichlich Schmutz angesammelt. Ein Parkettboden wäre da schon viel besser. Es wäre kein Wunder, wenn plötzlich Käfer auftauchten. Natürlich wusste sie, dass man nicht alles auf einmal ändern konnte, aber genau das hätte sie liebend gerne getan.

Während das Wasser immer weniger und der Dampf immer dicker wurde, schienen die Bohnen immer härter zu werden, oder zumindest sich zu sträuben, zu einem Gericht zu werden. Sie kochten nämlich schon seit einigen Stunden. Vera verfiel in Panik: Was als Überraschung gedacht war, drohte zur Katastrophe zu werden. Es ging nicht mehr darum, ob das Essen schmackhaft werden würde, sondern darum, ob sie überhaupt etwas würde auf den Tisch stellen können. Sie vergrößerte die Flamme. Die Bohnen sprangen schon bis zum Topfrand, jedoch nur mit dem Ergebnis, dass ihre Haut runzlig wurde und abfiel. Vor Verzweiflung setzte Vera sich auf einen Stuhl und weinte.

Die alte Socoliuc, die ihre Schwiegertochter zum Brunnen der Stegarus geschickt hatte, deren Wasser, wie jeder wusste, wegen seines Gehalts an Mineralstoffen nicht dazu geeignet war, Bohnen weich zu kriegen, wurde gerade in der Sommerküche mit dem Kochen des Mittagessens – Hühnerminestrone und Hühnchen in Rahmsauce – fertig und mühte sich jetzt mit dem Tisch ab, den sie allein ins Freie stellen wollte, wo sie immer aßen, wenn das Wetter schön war. Nachdem sie den Tisch unter leisem Fluchen durch die Tür bekommen hatte, stellte sie ihn in den dunkelgrünen Vogelknöterich, prüfte seine Standfestigkeit, indem sie daran rüttelte, und stellte danach einen Flussstein unter das Bein zur Torseite hin. Dann ging sie ins Haus, wo sie Vera verschwitzt, mit rotem Gesicht und missmutig vorfand. Um zu lüften, öffnete sie das Oberlicht und fragte, wie weit Vera denn mit dem Kochen sei, denn die Männer würden bald zum Essen kommen. Die Bukaresterin, die sich nicht geschlagen geben wollte, sagte, die Bohnen seien noch nicht gar, sie müssten noch ein wenig kochen … Die Alte lächelte kaum merklich, kostete die Bohnen und fragte, warum sie sie so spät aufgestellt habe, denn jetzt würden sie nicht rechtzeitig fertig. Ungehalten schrie Vera, die Bohnen kochten schon seit dem Morgen, sie wisse nicht, was los sei, der Teufel sei wohl hineingefahren, denn so etwas sei ihr noch nie passiert.

»Macht nichts, meine Liebe«, sagte die Alte ruhig, »ich glaube, sie kennen dich noch nicht, deswegen benehmen sie sich schlecht.« Und sie fügte hinzu: »Lass nur, ich kümmere mich darum. Geh du an die Luft oder deck den Tisch, wenn du möchtest …«

Dann zog sie aus der Schürzentasche zwei Nägel und ließ sie in den Topf fallen. Nur so ließen sich Bohnen weich kochen, wenn man das Wasser aus dem Brunnen der Stegarus verwendete. In einer halben Stunde waren sie fertig. Ja, das stimmte, Tavi aß gerne Schweinshaxen mit Bohnen, und sie würden auch rechtzeitig fertig werden. Die alten Socoliucs machten sich nichts daraus. Deswegen hielten sie Hühner in ihrem Hof.

Die Geschichte machte natürlich gleich in der ganzen Straße die Runde. Danach war die Bukaresterin den Nachbarn viel sympathischer. Sie hatte sich eine Blöße gegeben und hatte eine Art von Taufe empfangen; man hatte über sie gelacht, und irgendwie wurde sie eine von ihnen. In kurzer Zeit wurde die Bukaresterin zu Vera oder Frau Socoliuc. Selbst nach dem Tod der Alten erinnerte sich Vera noch an diesen Vorfall. Und sie fand ihn immer amüsanter.

An jenem Tag war sie wirklich Teil der Socoliuc-Familie geworden und von der ganzen Straße akzeptiert.

Mit dem Oberst freilich war noch nicht das geschehen, was vor Jahren mit »der Bukaresterin« passiert war. Die Straße lehnte ihn ab. Wegen seiner gesellschaftlichen Stellung und wegen des Hauses, das sich so von den anderen unterschied – und vielleicht wegen seines Alters, in dem man nicht mehr durch Unerfahrenheit und Naivität sympathisch wirkt – befand er sich in erheblicher Distanz zu seinen Nachbarn, auch wenn er sich ab und zu im »Zerknautschten Traktor« zeigte, wo er an einem Fruchtsaft oder Mineralwasser nippte. Es war nichts vorgefallen, was ihn angreifbar gemacht und damit den anderen trotz seiner Stellung und seines Hauses nähergebracht hätte. Er hatte sich noch nie lächerlich und dadurch den anderen sympathischer gemacht. Er hatte sie nie um Hilfe gebeten, um ihnen das Gefühl zu geben, dass sie ihm in bestimmten Momenten gleichgestellt waren. Nein, das hatte er nicht. Immer erkaufte er ihre Unterstützung und ihr Wohlwollen mit Geld. Er hatte sich nie mit ihnen zusammen betrunken. Nicht einmal »einen in der Mütze« (so Herr Petrică) hatte er sich mit ihnen zusammen geholt, nie sich in eine Situation begeben, in der man albern über irgendetwas lacht und Geschichten aus der Zeit der Kindheit oder des Militärdienstes zum Besten gibt. Er lächelte immer, » als ob er im Mund einen Zwerg hätte, der von innen an seinen Mundwinkeln zerrt« (so Papa Hrib).

Sie warteten alle darauf, dass in den Wänden der Villa Risse auftauchten.

Trotz ihres ungewöhnlichen Benehmens hatten Vera Socoliuc hingegen die aberwitzigen Ereignisse in ihrer Jugend den Menschen nähergebracht. Und doch, Hand aufs Herz, so ganz als eine von ihnen hatten sie Vera nie betrachtet. Am besten ließ sich das in außergewöhnlichen Situationen beobachten, in denen die latenten Unterschiede wieder ans Licht kamen und die Distanz wie durch Zauberei wieder offenkundig wurde. Situationen wie eine Krankheit zum Beispiel. Die Tatsache, dass Vera Socoliuc ihnen nahe stand und zugleich anders war als sie – eine wenig handgreifliche und schwer zu kontrollierende Sachlage –, brachte die Nachbarn dazu, sie eher als merkwürdig denn als fremd zu betrachten, sie für verrückt, aber ungefährlich zu halten. Was bei der Gattin des Oberst nicht der Fall war.

Also war Vera Socoliuc, die in ihrem gestärkten Bett in der guten Stube lag, zwar merkwürdig, aber sie gehörte zu dieser Straße. Sie stellte eine anerkannte Merkwürdigkeit dar. Schließlich kannte man ja ihre kleinen Absonderlichkeiten seit langem. Am meisten Gerede verursachte ihre Art, sich Geschichten anzuhören. Unbeweglich saß sie da und fixierte die erzählende Person, ohne zu blinzeln, ohne zustimmend zu nicken, ohne zu widersprechen. Ihre Gesichtsmuskeln blieben unbewegt, als wolle sie um jeden Preis verbergen, was sie dachte. Sie hörte aufmerksam zu – das konnte man an ihren Augen sehen –, aber sie gab keinen Kommentar ab. Sie erzählte auch nichts weiter. Und sie verführte niemanden dazu, Geschichten zu erzählen. Wenn man wollte, erzählte man ihr etwas. Wenn nicht, bemühte sie sich in keiner Weise, etwas zu erfahren. Das Unangenehmste daran war vielleicht, dass man ihr kaum je Informationen zu Ereignissen, über die sie Bescheid wusste, entreißen konnte. Neben ihrer eigenartigen Weise, mit der Krankheit umzugehen, war sicherlich diese Eigentümlichkeit, dass sie nichts von dem erzählte, was sie wusste, einer der Hauptgründe dafür, dass die neuesten Neuigkeiten einen Bogen um das Haus der Socoliucs machten.

In Veras Haus herrschte nun Stille. Alles schien sich unter einer dicken Glasglocke zu befinden. Im Laufe der Zeit war das schlanke, launische Fräulein von einst ihrer verblichenen Schwiegermutter immer ähnlicher geworden. Der Asphaltteppich, der zu ihrer Hochzeit gelegt worden war, wurde nie repariert. In die enstandenen Löcher stopften besorgte Bürger immer wieder Ziegelbruchstücke, die sie in den Eisenbahnwaggons fanden, die Baumaterialien transportierten. Veras Hof wirkte erstarrt, die Gegenstände sahen aus wie aufgemalt. Niemand wusste, ob ihre Krankheit ernst genug war, um all die Maßnahmen zur Wahrung der Ruhe zu rechtfertigen. Vielleicht handelte es sich nur um eine verspätete Jugendlaune, übrig geblieben aus der Zeit, als Frau Socoliuc noch Fräulein Vera, »die Bukaresterin« gewesen war. Vielleicht wollte sie nur sehen, wie sich ihr Mann, all ihre Sachen und das Haus im Falle ihres Todes verhalten würden. Oder vielleicht war es nur eine Posse, so wie damals das Kochen der Bohnen.

Nur ihre geflüsterten Befehle bewegten die Dinge von einer Stelle zur anderen, und das mit unendlicher Vorsicht, als wäre alles in weiche Tücher gehüllt.

Ansonsten Schweigen und Ordnung.

Tavi Socoliuc bewegte sich auf Zehenspitzen, im Haus wie auf der Straße.

Er sprach mit gedämpfter Stimme, auch wenn er Brot einkaufen ging.

Die Leute schüttelten besorgt den Kopf und erzählten ihm nichts von dem, was zwei Schritte von seinem Haus entfernt geschah.

Sechstes Kapitel

– in dem wir einiges mehr über das schöne Leben zur Zeit des Kommunismus, aber auch über die Kindheit von Ticu Zidaru und sein Geschäftsgebaren im »Zerknautschten Traktor« erfahren

---

Relu Covalciuc fand keine Ruhe. Er ging von hier nach dort, aus der Küche in das vordere Zimmer, das er sonst nur zu Feiertagen betrat; von den Weinstöcken zum Keller, vom Holzstapel zum Hühnerstall – ungeduldig ging er hin und her, als ob er zu arbeiten hätte. Wie die Henne, die ein Ei gelegt hat, pflegte seine Frau zu sagen.

Irgendwann entschied er sich. Er nahm zwei schöne Tomaten, fischte im Vorbeigehen seinen Hut vom Haken am Eingang und ging hinaus auf die Straße. Ganz gemächlich schritt er daher, entschlossen, nicht zurückzublicken, wer immer ihn auch wieder nach Hause rufen sollte. Zu Hause war ohnehin nur seine Gattin, Frau Covalciuc. Sie war gerade damit beschäftigt, für einen Kuchen Nüsse zu knacken, und dies war auch der Grund dafür, dass er sich hatte hinausschleichen können. Die Nussschalen knackte sie mit dem Schlüssel der Propangasflasche, denn er hatte jemandem den Hammer geliehen und wusste nicht mehr wem. Am Nachmittag sollten Andrei, ihr beider Sohn, und Claudiu, das Enkelkind, zu Besuch kommen. Adriana, ihre Schwiegertochter, wollte den

Fuß nicht in ihren Hof setzen, da sie es bei ihnen abstoßend fand, wie sie sagte. Frau Geta Covalciuc tat das als »Mätzchen« ab, drohte aber: »Sie wird schon noch um eingelegte Karotten und Gurken bitten, und das werde dann *ich* abstoßend finden!« Frau Geta Covalciuc war jedoch nicht nachtragend und vergaß ihren Ärger schnell.

Niemand rief ihn zurück nach Hause, allerdings bemerkte er, dass sich am Fenster des Hauses gegenüber der Vorhang bewegte, vielmehr eine Ecke davon hochgehoben wurde, so wie ein Hund seine Ohren aufstellt; ja er meinte sogar, das Gesicht Auroras zu erkennen, deren Augen wegen der ständig erweiterten Pupillen Kugeln aus einem Kugellager glichen. Die kaum verborgene Neugier der Nachbarin störte ihn nicht, sondern bestätigte ihm nur, dass er in diesem Moment die wichtigste Person in der ganzen Straße war. Und das war den Ereignissen in seinem Garten zu verdanken. Sowohl Aurora wie auch Costel hatten ihn mit Sicherheit schon vor dem Vorkommnis in seinem Garten durch die angehobene Vorhangecke beobachtet und würden das ganz bestimmt auch weiterhin tun, aber ihre Blicke hatten noch nie so durchbohrt wie jetzt. Oder bildete er sich das vielleicht nur ein? Er stellte sich vor, wie ihn Aurora – »die blöde Bohnenstange«, wie Costel sie nannte, wenn er betrunken war, das heißt einmal in der Woche, oder »blöd wie Brot«, wie sein Reservespruch lautete – durch die angehobene Vorhangecke beobachtete und dabei wie bei einem Fußballspiel alles kommentierte, damit die anderen im Hause, ohne Logenplätze am Fenster, auch etwas davon hatten. Dabei strickte sie mit Sicherheit unter dem Fenstersims unbeirrt und blind weiter, wie Sekretärinnen Schreibmaschine schreiben. Das musste man ihr lassen: Sie strickte ganz tolle Pullover, die sie ganz bestimmt auch am Markt hätte verkaufen können. Wenn man ihr Wolle brachte, strickte sie einem den Pullover gratis, denn für sie war nicht der Verdienst wichtig, sondern die Möglichkeit, ihre Hände ständig in Bewegung zu halten, so wie es für Hasen wichtig ist, ständig etwas zum Knabbern zu haben. Aurora hatte eine weitere Schwäche: Solange ihre Hände in Bewegung waren, konnte sie auch nicht schweigen, was sie zur wichtigsten Informationsquelle der ganzen Straße machte, vor allem dann, wenn sich etwas Besonderes ereignete. Neben der kleinen Unannehmlichkeit, ständig beobachtet zu werden, hatte dieser Umstand für die Familie Covalciuc auch Vorteile. Zum Beispiel, wenn jemand sie besuchen kam, während sie nicht zu Hause waren, war Aurora zur Stelle, sagte den Besuchern, dass die Besitzer des Hauses im Augenblick nicht da seien, erwähnte, wann sie weggegangen waren und eventuell auch wohin; und dann fragte sie die Besucher aus – wer sie seien, warum sie kämen und ob sie eine Nachricht hinterlassen wollten. Sobald die Covalciucs wieder da waren, kam Aurora heraus, unterrichtete sie in dem Gefühl, ihre Pflicht zu tun, über den Besuch und schloss jedes Mal mit dem Satz: »Und mehr konnte ich aus ihnen nicht herauskriegen.« Wegen ihrer Strickleidenschaft wurde sie sogar einmal zum Fernsehen eingeladen, in eine Sendung über Kurioses aus aller Welt. Rechtzeitig davon unterrichtet, hatten sich alle Anwohner der Straße bei einigen von ihnen zu Hause versammelt und mit einem Glas Wein vor sich die Sendung mit großer Aufmerksamkeit verfolgt. Nach ein paar Affen, die ihren Jungen die Hintern nach Flöhen oder Wanzen absuchten (das wusste er nicht mehr so genau), die Tierchen geschickt erwischten und danach – pfui! – in den Mund steckten, war wieder die Moderatorin (die Tochter eines Fleischers, den er aus der Markthalle kannte) ins Bild gekommen und hatte etwas über kuriose Dinge in der Gegend erzählt. Und dann – zack! – kam ihre Nachbarin Aurora Spătaru ins Bild, die, ein Naturwunder, mit geschlossenen Augen, aber auch mit den Händen auf dem Rücken und überhaupt in jeder Position stricken konnte, wie beim Zirkus. Man hatte sich nicht damit begnügt, sie nur vorzuführen; die Tochter des Fleischers ließ Aurora gleich an Ort und Stelle ihr Können beweisen. Sie verband ihr die Augen wie den zu Tode Verurteilten, und fragte sie sicher an die fünf Mal, ob sie nicht mit den Fingern sehen könne, denn in Russland hatte es einen solchen Fall schon einmal gegeben, eine Schülerin, die schummelte, indem sie unter der Bank mit den Fingern das Lehrbuch ablas. Aurora sagte jedes Mal nein, obwohl es der Fleischerstochter – das sah man ihr an – am liebsten gewesen wäre, sie hätte ja gesagt. Dann sagte Aurora auch noch – und da lachten alle in ihrer Straße aus vollem Hals –, dass sie jedes Mal, wenn sie keine Wolle mehr habe, eben die älteren Pullis auseinandernehme und sie neu stricke, nur mit einem anderen Muster, weil sie eben nicht still sitzen könne. Wenn die Pullis zum Beispiel ein Igelmuster hätten, würden sie mit Häschenmuster neu gestrickt, und umgekehrt. Als sie vom Sender zurückkam, versammelten sich alle um sie, und sie gestand ihnen, dass sie mit der Fleischerstochter vereinbart hatte zu sagen, dass sie mit den Fingern sehen könne und dass sie alte Pullover wieder auftrenne, die alle in einem Schrank voller Pullover lagen, die sie ihr Leben lang gesammelt hatte, und das alles nur, damit die Sendung interessanter würde. Wenn alles geklappt hätte, wäre das arme Mädchen einem Job bei einem Bukarester Sender näher gewesen und hätte jeden Abend auftreten können. Aber obwohl Aurora das Mädchen leid tat, fand sie die erste Lüge ziemlich weit hergeholt – das konnte sie nicht erzählen, auch wenn das Mädchen ihr unter dem Tisch mit dem Fuß immer Zeichen gab. Die Fleischerstochter wurde schließlich böse und warf Aurora beim Weggehen vor, sie habe ihre Zukunft zerstört, obwohl sie die zweite Lüge wie vereinbart erzählt hatte. Die Nachbarn hatten aber Aurora nicht so ganz geglaubt, vor allem weil sie eine solche Gelegenheit, sich über jemanden lustig zu machen, nicht verpassen wollten. Dennoch wurde die Geschichte mit den alten Pullovern immer noch erzählt.

Relu Covalciuc trat auf einen scharfen Stein und fluchte leise. Erst jetzt bemerkte er, dass er in Hausschuhen und ohne Socken weggegangen war. Natürlich herrschte im »Zerknautschten Traktor«, wie sie ihn alle, Herrn Petrică nachahmend, nannten, kein Krawattenzwang. Ganz im Gegenteil, eine Krawatte hätte Spott hervorgerufen. Abends konnte es aber kühl werden. Außerdem gab es viele lästige Ameisen, die einem die Beine hochkrabbelten. Mitten im Gespräch konnte man plötzlich einen Klatsch hören:

Der Gesprächspartner hatte eine freche Ameise erwischt. Der Umstand, dass der »Traktor« in der Nähe war und nur von Menschen besucht wurde, die sich untereinander kannten, erlaubte allen, ungeniert in der abgetragenen Kleidung zu erscheinen, in der sie Arbeiten um das Haus verrichteten, und mit irgendetwas an den Füßen. Sie fühlten sich dort wie in der Familie, denn die »gute« Kleidung zog man nur an, wenn man irgendwo eingeladen war oder an Feiertagen. Die legere Kleiderordnung im »Traktor« war für die Männer ein Geschenk Gottes. Mindestens zweimal am Tag fanden sie einen Grund, aus ihrem Hof hinauszugehen – vielleicht, um sich ein Paar Zwölfernägel oder eine Fingerspitze Vaseline zu leihen, eine Gelegenheit, schnell einen Abstecher ins Gasthaus zu machen, wo sie im Stehen einen Wodka »zwitscherten« (so Herr Petrică) oder ein Bier »abpuppten« (so Papa Hrib) und dann schnell nach Hause eilten; ihr Anrecht auf ein Gläschen Schnaps vor dem Essen und auf ein Glas Wein danach hatten sie nicht eingebüßt. So war es vor allem, weil Ticu Zidaru, der Wirt, seine Kindheit in derselben Straße verbracht hatte, sie alle seit Langem kannte und sich nicht scheute, ihnen Kredit zu geben. Daher waren sie auch nicht gezwungen, immer Geld bei sich zu haben, was ein zusätzliches Hindernis dargestellt hätte. Das Unternehmen des Ticu Zidaru gedieh, einerseits dank der Qualität der Getränke und Dienstleistungen, die mehr als bescheiden und daher nicht gerade teuer war, andererseits dank der kleinen Zahlungserleichterungen, die vor allem verheiratete Rentner schätzten, in hohem Maße jedoch auch dank der

»unvergesslichen« Atmosphäre (so der Sänger Gică Petrescu, zitiert von Herrn Petrică). Das Unternehmen gedieh, obwohl der Wirt unfreiwillig zur Profitminimierung beitrug. Vor allem abends vergaß er oft, kleinere Bestellungen in seinem Schuldenbüchlein zu notieren, oder er stellte, wenn er es doch getan hatte, am Monatsende fest, dass er seine eigene Schrift nicht mehr lesen konnte. Außerdem hatte er, wenn er gut gelaunt war, ein unvergleichliches Vergnügen daran, Lokalrunden auszugeben und patriotische Lieder zu pfeifen, wie zum Beispiel »Überquert die Karpaten, rumänische Bataillone«.

Relu Covalciuc grüßte deutlich und selbstbewusst Titi Romaniuc, den Mann der Schneiderin. Der saß vor dem Tor, schnitzte mit seinem Taschenmesser an einem Ast und hätte Lust zum Plaudern gehabt. Es holten ihn zwei Kinder ein, die sich mit ziemlich unschönen Worten darüber stritten, wer jetzt dran wäre, sich auf die Karre für Gasflaschen zu setzen, mit der sie einander abwechselnd spazieren fuhren. Er wich geschickt einem Ziegelsplitter aus, der bedrohlich aus Sand und Kies herausragte, die nach den Regenfällen die Straße bedeckten. Das kleinere Kind fing an, munter zu rufen: »Der Dinosaurier! Der Dinosaurier!« Zwischen den Akazien auf der rechten Straßenseite kam ein merkwürdiger Hund herausgerannt; in den langen Haaren auf dem Rücken hatte er Wäscheklammern hängen, rote und blaue. Der Hund sah sie erschrocken an und machte sich Richtung Abhang davon. Zwischen denselben Akazien lugten ein paar Kinderköpfe hervor; die Kinder nahmen die Verfolgung des Hundes auf. Die beiden anderen ließen ihre Karre mitten auf der Straße stehen und schlossen sich der Meute an. »Fangt den Dinosaurier! Fangt den Dinosaurier!«, riefen sie, so laut sie konnten. Auf einem Akazienast sah Relu Covalciuc einen aufgespießten chinesischen Turnschuh.

Als er zum Haus des Herrn Petrică kam, schüttelte er leicht seinen Hausschuh aus, um ein darin befindliches Steinchen loszuwerden. Dann sah er sich das altertümliche Häuschen mit Veranda an, das auf einer Erhebung stand, sodass es über den Holzzaun ragte, der mit Latten aus Obst- und Gemüsekisten geflickt war. Unter den alten Nägeln hatten sich rostige Streifen gebildet. Fast alle Häuser in der Straße verrieten einem, wenn man sie genauer betrachtete, wo ihr Besitzer einmal gearbeitet hatte, besonders vor 1989, als man noch nach Lust und Laune alle möglichen Materialien stehlen konnte. Nach 1989 konnte man das gar nicht mehr, nicht einmal ein Stück Blech; denn nachdem die Betriebe der Reihe nach Pleite gegangen waren, gab es einfach nichts mehr zu stehlen. Viele Arbeiter waren unter der »Verordnung« ausgeschieden, das heißt, sie hatten zwölf Monatslöhne Abfindung bekommen, womit sie ein eigenes Unternehmen gründen sollten, wie es hieß. Das Geld wurde allerdings versoffen und an den Zaun gepinkelt, wie Herr Petrică zu sagen pflegte. Einige waren vorzeitig oder krankheitshalber in Rente gegangen, die meisten aber wurden schlicht und einfach arbeitslos. Um sich durchschlagen zu können, mussten sie sich daran erinnern, wie die Hühner gackerten, wie die Schweine grunzten und wie die Kühe muhten, denn die meisten von ihnen waren in ihrer Jugend aus Dörfern hergekommen. Ihre Straße, in der man vor 1989 kaum ein Küken gesehen hatte, glich jetzt immer mehr einer Dorfstraße. Auch Kuhfladen, die früher Verwunderung erregt hätten, fehlten nicht. Nur die Zäune aus Draht, den man aus der Fabrik herausgeschmuggelt hatte, mit Brettern oder Blechquadraten ausgebessert und mit staatseigener Farbe gestrichen, nur die Pfade zu den Wirtschaftsgebäuden, gepflastert mit Ziegeln, die man am Bahnhof geklaut hatte, oder die Scheunen und Verschläge, die mit Dachpappe und Bitumen aus dem Betrieb gedeckt waren, erinnerten noch an die früheren Arbeitsplätze. Und die Renten, die »zum drauf Scheißen« waren – da musste er Titi Burduja, seinem früheren Arbeitskollegen, in Gedanken recht geben.

Als wehmütige Gedächtnisübung zählte Covalciuc sich die Herkunft der verschiedenen Dinge und Materialien auf. Die metallenen Fußabtreter, die in den meisten Haushalten gleich hinter dem Gartentor lagen, kamen vom Betrieb für Schwermaschinen und Ersatzteile, für Kenner kurz BSE, genauso wie die Kuchenformen, vor allem die für die so genannten »Nüsse« oder »Nüsschen«, nach denen er ehrlich gesagt gar nicht so verrückt war. Aus der gleichen Quelle kamen auch die Blumenkistenhalter und die metallenen Umzäunungen am Grabe der Lieben. Die wiesen verschiedene Modelle auf, je nachdem, wie die Reste von dickem Blech ausgesehen hatten, die nach dem Tiefziehen übrig geblieben waren, das heißt, nachdem die Aufträge des Betriebes ausgeführt worden waren. Und wenn die Formen für die »Nüsschen« in der Gießerei entstanden waren, so kamen die Gitter aus dem Kaltbearbeitungswerk. Nein, nein, die konnte er nicht verwechseln, andere aber … Die Schrauben, Muttern, Stecker, Kabel und Steckdosen, manchmal auch das Chlor, die Phosphate zum Bleichen der Wäsche und die Farben kamen von Electrocontact. Der Sand, der Zement, der Kies, die Ziegelsteine und Kunststeine stammten von Baustellen oder waren schwarz gekauft worden, das heißt am Bahnhof, von den Arbeitern, die sie entluden; das Getreide und die Sonnenblumenkerne kamen vom Silo. Das gute Fleisch wurde in Gummistiefeln – oder geschickt um den Körper gewickelt – aus dem Schlachthaus Răchiţi geschmuggelt. Von ebendort kamen auch alle Salamisorten und die köstlichen Konserven mit Rindfleisch im eigenen Saft, die für den Export bestimmt waren. Aaah, nicht zu vergessen, von dort kamen auch die hohen Konserven mit gepresstem Schinken, denen kein Arzt widerstehen konnte. Eisenstangen mit T- oder U-Profil, Rohre und Draht ließen sich in fast jeder Produktionsstätte besorgen, sodass man ihre Herkunft schwer feststellen konnte. Gurken, Tomaten, Zwiebeln, Karotten, Knoblauch, die Wasser- und Zuckermelonen, Erdbeeren und Radieschen wurden zu horrenden Preisen von den Tagelöhnern angeboten, die in den Gewächshäusern arbeiteten. Sie kamen an deinem Gartentor vorbei und boten heimlich ihre Waren an. Die Arbeiter vom Staudamm boten einem Zweikilokarpfen an, die Waage hatten sie in der Tasche. Die Fahrer der Lastwagen, Kipplaster, Traktoren und Mähdrescher hielten einem den Dieselkraftstoff vor die Nase, in Eimern oder Kanistern. Die Fahrer, die Brennholz transportierten, warfen einem die Ware direkt über den Zaun in den Hof. Es kam nur darauf an, dass man nicht von einem Nachbarn verpfiffen wurde, mit der Folge, dass die Miliz die Ware bei einem fand und man nicht erklären konnte, woher man sie hatte. Das kam jedoch selten vor, und es gab nur eine Geldstrafe dafür. Wenn man Pech hatte, konnte man sich damit allerdings auch ein paar Jahre Gefängnis einhandeln.

Aber nichts mehr war so wie früher, stellte Relu Covalciuc für sich fest und schüttelte wieder einen Kieselstein aus dem Hausschuh. Ach ja, der Herr Petrică war früher einmal Maler gewesen. Alle in der Akazienstraße, aber auch seine Kollegen respektierten ihn, obwohl er eine ziemlich scharfe Zunge hatte. Mit dem Geld, das er verdiente, kam er ganz gut aus. Der Staat bezahlte ihn für sein Talent und seine Arbeit. Auch wenn es in den Geschäften nicht viel zu kaufen gab, konnte man fast alles woanders kaufen. Man musste sich nur die Mühe machen und suchen. Jetzt gehst du in ein Geschäft hinein, glotzt in die überfüllten Regale, schluckst kräftig und gehst wieder nach Hause. Die Spucke-Produktion ist so gestiegen, dass man welche exportieren könnte. Früher kriegte man nichts zu kaufen, aber die privaten Tiefkühltruhen waren voll. Man musste es sich richten. Alle taten das! Und wenn es etwas nicht gab, dann gab es das für alle nicht. Jetzt gibt es welche, die alles haben, und welche, die kaum was haben. Damals gab es kein Essen, aber man hatte Geld fürs Essen. Herr Petrică war ein großer Maler! Und jetzt? Jetzt sitzt Herr Petrică samt seiner Intelligenz und seinem Talent die meiste Zeit im »Traktor«. Ist das vielleicht besser? Und was für ein Talent er hatte! Und wo ist jetzt sein Talent? Wird es nicht vergeudet? Er hat sämtliche Äpfel und Birnen, Zwiebeln und Knoblauchzöpfe auf den Schaufenstern sämtlicher Gemüseläden gemalt. Er war jemand! Er war Maler beim staatlichen Betrieb für Obst und Gemüse! Und jetzt? Jetzt sitzt er im »Zerknautschten Traktor«, wie er ihn selbst getauft hat. Alle Kraut- und Blumenkohlköpfe wurden von ihm gemalt! Nur die Aufkleber für Kompott, Konfitüren und eingelegtes Gemüse kamen aus Bukarest, alles andere hat er gemacht. Sogar die vom Käse und von den Milchprodukten haben ihn geholt, so talentiert war er. Ist er jetzt plötzlich nicht mehr gut? Hat ihn vielleicht über Nacht sein Talent verlassen? Er war es auch, der auf den Schaufenstern der Milchgeschäfte die gefleckten Kühe, die löchrigen Käse, die Milch- und Rahmflaschen gemalt hat. Er malte das alles mit so viel Talent, dass einem das Wasser im Mund zusammenlief. Obwohl es den Leuten ja nicht gerade an Appetit fehlte … Haha! Und was geschieht jetzt mit Herrn Petricăs Talent? Genau das, was mit Hunderten und Aberhunderten von geschickten Fachkräften, Meistern und Handwerkern geschieht, die zu Hause auf der Veranda oder auf einem Akazienstumpf bei einem Ticu Zidaru sitzen. Sogar die vom Fischhandel haben Herrn Petrică geholt, so talentiert war er! Er hat Karpfen und Hechte, Zwiebelmarinade und Ozeanfische gemalt … Die hätte man glatt aufessen mögen. Tatsache! Jetzt redeten die Leute davon, dass Herr Petrică nicht mehr ganz richtig im Kopf wäre. Angeblich sitzt Herr Petrică versteckt hinter dem Haus und malt auf Holzplatten nackte Frauen, die tanzen oder mit gegrätschten Beinen auf dem Bett liegen und eine riesige Zigarre rauchen. Er soll auch entstellte Gesichter von geistig Behinderten malen oder auf gut Glück mit dem Pinsel Farbkleckse spritzen, nur um zu sehen, was dabei herauskommt. Kein Wunder, dass der arme Mensch seinen Verstand verloren hat, wenn man ihn nicht mehr brauchte. Wo sind bloß die Brezeln und die geflochtenen Weißbrote, die er für die Staatsbäckereien gemalt hat, dass alle baff waren?

Nein, nichts mehr ist so wie früher!

Hinter dem Haus erinnerte sich Herr Petrică ab und zu an frühere Zeiten. Dann malte er wieder ein Tablett mit einer Traube, einem Apfel und einer Birne darauf. Wie die für den staatlichen Betrieb für Obst und Gemüse. Oder Fischköpfe um ein blutiges Messer herum. Wie für die staatlichen Fischereien. Vielleicht war Herr Petrică deswegen so schweigsam, bevor er ein Gläschen intus hatte ... Früher war er ein guter, lustiger Mann, brachte Obstkisten und Bretter für alle und jeden. Hat es jemandem in der Straße etwa an Obstkisten gefehlt? Nein, soweit er, Relu Covalciuc, sich erinnern konnte, nein! Ganz sicher nicht! Manchmal brachte er Marmelade in Gläsern für die Kinder mit oder sogar 400-Gramm-Gläser mit Gemüseeintopf. Gemüse mit Reis. Eine Delikatesse! Und unzählige Etiketten für die Kinder zum Spielen. Andrei hatte eine richtige Sammlung davon, alle möglichen Etiketten für Apfel-, Birnen-, Weichsel- und Kirschkompott, für Zwetschgen-, Quitten- und Marillenmarmelade, für Melanzani in Öl und eingelegte Gurken, für Rotkrautgläser und Tomatenpaprika in Essig. Er hatte Etiketten von fast allem, was es damals so gab. Aber was hatte Andrei nicht? Alles hat er gehabt!

Erst jetzt, nach der Revolution, wurde Herr Petrică verbittert. So wie alle Handwerker – die Schweißer, Fräser, Stanzer und erstklassigen Karosseriebauer, denen man einen Tritt in den Hintern verpasst hat – tschüss!, wir brauchen euch nicht mehr, weg mit euch, ab in die Arbeitslosigkeit. Nachdem sie jahrelang die Industrie auf ihren Schultern getragen hatten, waren sie über Nacht nutzlos geworden, keiner brauchte sie mehr.

Die Zeit, die er für den Weg zum »Zerknautschten Traktor« gebraucht hatte, war wie im Flug vergangen. Der »Zerknautschte Traktor«, so nannten alle die Gaststätte, obwohl am Eingang, an zwei Akazienpfosten genagelt, ein Schild hing, auf dem »Cafe-Bar« stand, von einer Zeichnung geziert, die eine dampfende Tasse darstellte. Das Schild hatte Herr Petrică gemalt, derselbe, der auch den inoffiziellen Namen geprägt hatte. Eigentlich trank dort kein Mensch Kaffee, außer dem Wirt, der seinen Morgenkaffee brauchte – ein junger rothaariger Mann, der das aromatische schwarze Getränk nur an dem Tisch zur Straße hin zu sich nehmen konnte. Dafür wurden aber wöchentlich beträchtliche Mengen an Wodka, sonstigen Schnäpsen und Bier vertilgt, zu denen man noch die Eigenproduktion an Trauben- und sonstigen Obsttrestern rechnen muss, die in dem Verschlag im Hinterhof vor sich ging. Wenn aus dem Kessel im Hinterhof – eine wunderschöne Destilliermaschine – der dünne Strahl des Traubenschnapses drang oder der duftende

Obstler plätscherte, konnte der Kunde, umhüllt von Alkoholdämpfen, die einem das Wasser im Mund zusammenlaufen ließen, sein Glas direkt an der Quelle füllen. Das war die ureigenste Erfindung des Wirts Ticu Zidaru, mit der er die uneingeschränkte Gunst der gesamten männlichen Bevölkerung der Straße gewonnen hatte. Im übrigen hatte er viel Erfahrung im Schnaps-Herstellen, das, wie dessen Konsum, in seiner Familie Tradition war. Sein Vater, Costache Zidaru, hatte illegal im selben Verschlag schon zu Zeiten von Gheorghiu-Dej* illegal Schnaps produziert, und Ticu hatte einen guten Teil seiner Kindheit mit dem Sammeln von Mirabellen verbracht, denen er dann beim Fermentieren in Plastikfässern zuhörte, aber auch mit dem Schüren des Feuers oder dem Wechseln des Wassers im Schnapsbrenner. Er hatte das Handwerk gründlich gelernt, denn sein Vater kam selten dazu, die letzte Ladung fermentierter Mirabellen bei ihrer Verwandlung in Hochprozentiges zu beobachten oder das Endprodukt zu kosten. Meistens schlief er bereits irgendwann während des Vorgangs ein, und das auf dem Feuerholzhaufen, sodass ihm am nächsten Morgen alle Knochen wehtaten. Den Schnapsbrenner, ein richtiges Juwel auf seinem Gebiet, hatte er vom Großvater, Anatol Zidaru, geerbt, der ihn von den kesselbauenden Zigeunern in Galați für den Gegenwert eines nagelneuen Fischerboots gekauft hatte. Zu Ceaușescus Zeiten – denn zu Gheorghiu-Dejs Zeiten war er noch nicht geboren – trug Ticu Zidaru die Schnapsflaschen, mit einem Stück Maiskolben verstöpselt, zu den Kunden in der Straße und Umgebung und brachte das Geld seiner

Mutter – nur ihr –, die es in ihr Taschentuch einknotete. Ticu war noch nicht ganz zehn, als er von einem Nachbarn dabei ertappt wurde, wie er einen winzigen Schluck aus jeder Flasche nahm und sie dann am Brunnen mit Wasser auffüllte. Danach hatte er, nach seinen eigenen Erzählungen, eine ordentliche Tracht Prügel von seiner Mutter bekommen, die er nie im Leben vergessen würde, denn seine Mutter war eine stattliche Frau, deren Lippen blau wurden, wenn sie sich ärgerte, und der der Handel im Blut lag. Sie hat ihn mit dem geschlagen, was sie gerade in die Hände bekam, mit der Fliegenklatsche als Vorspeise, wie er jetzt lachend erzählte, und mit einem Stock, den sie aus dem Zaun herausgerissen hatte, als ersten Gang. Als zweiten Gang hatte sie ihn mit der Mistgabel durch den Hof gejagt und als Dessert Maiskolben nach ihm geworfen, weil sie keine Steine gefunden hatte. Sie hatte ihn nicht geschlagen, weil er getrunken hatte, sondern weil er ihr die Kunden vergraulte, indem er den Schnaps verwässerte. Das Trinken war ihr egal, denn sie war ohnehin davon überzeugt, dass Ticu früher oder später wie sein Vater zum Trinker würde. Andererseits war seine Mutter, Didina Zidaru, ebenfalls keine Kostverächterin, allerdings stellte ihr täglicher halber Liter Hausbrand nur einen Schluck Messwein dar im Vergleich zu Costaches Leistungen, der sich damit brüstete, dass er alles trank, vom Jungfrauenpipi aufwärts. Jetzt aber war es an Ticu, die schwere Last weiterzutragen, und er war entschlossen, sein Bestes zu geben. Alle Männer in der Straße konnten es bezeugen. Sogar seine Frau hätte es bezeugen können – natürlich nur, wenn sie sich nicht mittlerweile von ihm hätte scheiden lassen, mit der Begründung, dass sie eine Schnapsflasche mit Ohren – das sei er, Ticu – geheiratet habe und dass sie es nicht mehr ertrage, sein ständig besoffenes Gesicht zu sehen. Als ob sie ihn unbedingt hätte ansehen müssen, wenn er betrunken war. »Was soll's! Meinen Segen hat sie!«, sagte Ticu jedes Mal zum Abschluss, wenn er davon erzählte, wie sie ihn verlassen hatte.

Der Geruch nach verbrannter Wolle sagte Relu Covalciuc schon am Eingang, dass der Destillierapparat im Schuppen nicht ruhte. Den Brauch, etwas zu verbrennen, was einen stechenden Geruch erzeugt, hatte Ticu Zidaru von seinen Eltern geerbt. Sie wandten diesen Trick an, um bei ihrer illegalen Alkoholproduktion den Geruch von warmem Schnaps, der sonst die ganze Straße eingenebelt hätte, zu überdecken. Der Trick hatte jahrelang funktioniert, bis sie eines Tages ein Nachbar – oder vielmehr eine Nachbarin – bei den Behörden verpfiff, was zur Folge hatte, dass jedes Mal, wenn der Geruch eines verbrannten Hosenbeins die Straße erfüllte, der Bezirkspolizist vorbildlich schnell vor der Schuppentür eintraf und so lange blieb, bis er, Tropfen um Tropfen, zwei Einliterflaschen mit Schnaps gefüllt hatte. Eine Tätigkeit, die eine gewisse Zeit in Anspruch nahm, welche er überbrückte, indem er zwei, drei Kännchen verkostete, um sich der guten Qualität des Getränks zu vergewissern, vornehmlich seiner Hochprozentigkeit und der Abwesenheit jeglichen Rauchgeschmacks, wobei nach den Berechnungen von Didina Zidaru die besagten Kännchen ungefähr einen weiteren Viertelliter ausmachten. Als Kind hatte Ticu Zidaru ungeduldig auf solche Momente gewartet, da ihm der Bezirkspolizist dann zu erlauben pflegte, mit seinem Helm zu spielen, nicht aber mit seiner Pistole. Um den Aufenthalt des Gesetzeshüters zu verlängern, spritzte Ticu manchmal heimlich ein bisschen Wasser ins Feuer, was den Strahl des hochprozentigen Elixirs dünner werden ließ. Bevor der Bezirkspolizist mit prall gefüllter Aktentasche wieder ging, trat er ins Freie, atmete ein paarmal tief durch, kämmte sich, holte sich seinen Helm zurück und strich, als würde er sich selbst durchsuchen, minuziös von oben bis unten über seine Kleidung, um den Schnapsgeruch loszuwerden. Wenn Ticu Zidaru jetzt löchrig gewordene Socken verbrannte, so tat er dies nicht mehr, um den Schnapsgeruch vor den Behörden zu verbergen, sondern vielmehr, um den männlichen Anwohnern der Straße, und zwar nur diesen, zu signalisieren, dass der Destillierapparat in Betrieb war. Wenn sie verbrannte Wolle rochen, ließen die Männer alles liegen und stehen und eilten hin, »wie wenn es brennt« (so Herr Petrică). Das Vergnügen, das Glas direkt am Destillierapparat zu füllen, war unvergleichlich.

Als Relu Covalciuc eintrat, war also das Gasthaus bereits voll. Die Männer kamen, um das Neueste zu erfahren, hauptsächlich aber, weil sie das Geruchssignal anzog. »Der zerknautschte Traktor« war keineswegs ein Restaurant, ja nicht einmal eine richtige Kneipe oder ein Café. Eigentlich war es einfach das Wohnhaus der Zidarus, in dem man ein Zimmer mit einer Tannenholztheke, ein paar Regalen und ein paar Tischen ausgestattet hatte. Solange das Wetter noch warm genug war, saßen alle draußen unter der

Weinlaube an den fünf Tischen, um die herum man so viele Baumstumpfsitze wie nötig stellen konnte. Im Sommer wurde das Thekenzimmer gar nicht benützt, sondern nur die Traktorkabine, die in einer Ecke des Gartens stand und als Bar diente. Die Kabine stammte von dem Traktor, auf dem Ticu Zidaru gleich nach seinem Militärdienst, bei dem er den Führerschein für solche Vehikel erworben hatte, tatsächlich gearbeitet hatte. Frisch vom Militär entlassen, verließ er sich darauf, dass der Wahn der Rückerstattung von Ackerland anhalten und er durch Arbeit in der Landwirtschaft reich werden würde. Das war nicht ganz unrichtig, wenn man zweierlei in Kauf nahm: dass man sich während der Saison kaputt schuftete und dass man so lange nüchtern blieb, bis man den Gänsen Guten Tag wünschen konnte, wie Ticu Zidaru behauptete. Diese zwei Voraussetzungen entdeckte er jedoch erst nachträglich. Unmittelbar nach der Entlassung vom Militär hatte er bei einer getürkten Versteigerung einen Traktor erworben, bei der er mehr für Bestechungsgelder als für den Kübel selbst hatte ausgeben müssen. Nachdem er, mit Vaseline eingeschmiert, einige Wochen Arbeit in die Reparatur des Traktors investiert hatte, nahm er die Landarbeit damit auf und spürte bald jeden seiner Knochen; landete jedoch mit einem gebrochenen Arm und einem Loch im Kopf in einem Straßengraben. In seiner Wut verkaufte er den Motor als Ersatzteillager, nahm die Kabine jedoch mit nach Hause und hämmerte daran herum, in der Absicht, sie in einen Lebensmittelstand zu verwandeln. Nachdem er sich auf den Winterholzstapel gesetzt hatte, um ein wenig darüber nachzudenken, kam er darauf, dass er, wenn er sich schon selbständig machte, doch gleich zur Familientradition und zu seiner ersten Liebe zurückkehren konnte, nämlich der Produktion, dem Verkauf und dem Konsum alkoholischer Getränke. Unter Alkohol verstand er, gemäß der Definition seines Vaters, »alles, was Prozente hat und nicht unmittelbar zum Tode führt«. Eigentlich war die Traktorkabine nicht wirklich nützlich; man konnte sie sogar als nicht eben geräumig und für einen Getränkeausschank ziemlich unbequem bezeichnen. Ticu Zidaru fand aber, dass sie seinem Garten eine besondere Note verlieh, etwa vergleichbar mit der eines Aussichtstürmchens, und damit eine unwiderstehliche Anziehungskraft auf seine Kunden ausübte. Seiner Frau, wie eigentlich allen Frauen in seiner Straße, erklärte er reumütig, er habe die Kabine als Mahnmal für das aufgestellt, was der Alkohol aus dem Menschen machen kann, dem Menschen im Allgemeinen und dem Mann im Besonderen.

Diese Geschichte war auch der Ursprung des von Herrn Petrică für das Lokal erdachten Spitznamens »Zum zerknautschten Traktor«, den alle sogleich bereitwillig und belustigt angenommen hatten. Die schlichte Bezeichnung »Cafe-Bar« hatte Ticu Zidaru in seiner Verzweiflung ausgesucht, nachdem er Dutzende von Namen im Kopf gewälzt hatte, einer komischer als der andere; diese Tätigkeit hatte ihn zehn Liter Wein gekostet, die er wie Tee getrunken hatte, das heißt, ohne es zu merken, was ihn natürlich daran gehindert hatte, es zu genießen. Für ihn war es irgendwie verlorener Wein, als Verlust abgebucht, zumal nicht einmal ein besserer Name dabei herausgekommen war. Ticu hatte an die verschiedensten Möglichkeiten gedacht und versucht, sie sich als Schriftzug vorzustellen, wie »Der Baumstumpfgarten«, »Zur Kabine«, »Am duftenden Schuppen«, »Bei Ticu Zidaru«, »Reich und Arm«, »Zum letzten Viertel« etc., und die er wegen ihrer verschiedenen Mängel allesamt wieder verwarf. Und selbst wenn er jetzt den Namen seines Lokals hätte ändern wollen, so hätte er es noch immer nicht »Zum zerknautschten Traktor« genannt, ein Name, der zwar als Spitzname taugte, den er aber ungern in den Akten eingetragen gesehen hätte. Eher hätte er es »Wie daheim« genannt, denn alle Kunden kannten sich untereinander und fühlten sich hier wirklich wie zu Hause. Die Gäste, das heißt, die Nachbarn, konnten jederzeit ohne Einschränkung in den Schuppen, sie durften in die Küche, um sich einen Kaffee zu kochen, wenn sie den fertig gemahlen von zu Hause mitbrachten, oder um sich einen Löffel Zucker zu holen, wenn sie ihren Kaffe schon fertig von zu Hause mitgebracht hatten, aber zu bitter fanden. Für den Tomatensaft gab es auch einen auf einem Hocker stehenden Entsafter, den jeder, der Tomaten mitbrachte, benutzen durfte, was Relu Covalciuc auch sogleich getan hatte, als er hereingekommen war. Seine Medizin, das wussten alle, bestand aus 100 ml Wodka und einem Glas Tomatensaft. Er begeisterte sich nicht unbedingt für den Hausbrand oder den Rum, die zwei beliebtesten Getränke im »Traktor«, lehnte sie aber auch nicht ab, wenn sich die Gelegenheit bot. Manchmal, zwischen zwei Gläsern Schnaps, gingen die Kunden dem Wirt schon mal zur

Hand, beim Holzhacken, beim Umgraben im Garten, beim Pflücken der Mirabellen oder bei der Reparatur einer Türklinke. Diejenigen, die einen über den Durst getrunken hatten und in diesem Zustand nicht vor ihre Frauen treten wollten, wurden nicht wie in Luxusrestaurants auf die Straße gesetzt, sondern bekamen im Schuppen ein improvisiertes Bett aus einer Tür mit einer Filzmatratze darauf und einem Eimer daneben. Es kam schon vor, dass Ticu Zidaru selbst im Schuppen einschlief, noch vor oder während dem Bettbau. In solchen Fällen musste der gefährdete Gatte den Kopf auf den Tisch legen oder die Nacht unter den Weinreben verbringen. Mit anderen Worten, alle Männer, die dort verkehrten, konnten tun und lassen, was sie wollten. Ihre einzige Pflicht war, ab und zu ihre Zeche zu begleichen. Es musste natürlich nicht gleich sein, man wartete gerne bis zum Eintreffen der Rente oder der Arbeitslosen-Unterstützung oder, je nachdem, bis zur Kinderbeihilfe. Auf die Zahlungen derjenigen, die vorläufig ohne festes Einkommen waren, wartete Ticu Zidaru vertrauensvoll und optimistisch, bis die Betroffenen irgendwo Arbeit ergatterten, beim Oberst oder sonst wo.

Im »Traktor« gab es nicht viel Auswahl. Das, was man bei Großhändlern einkaufte, war der billigste Wodka, Rum und im Sommer Fassbier. Zu den Rennern zählten allerdings die hausgemachten Schnäpse, die der Wirt entweder unter bacchischem Einfluss gratis ausgab, sehr billig verkaufte oder als Gegenleistung für kleine Dienste wie Jäten der Zwiebelbeete oder Aufbinden der Weinreben anbot. Das Wichtigste für Ticu Zidaru war, dass er sich ständig unter fröhlichen Menschen befand, die lachten und scherzten, sich an dieses und jenes erinnerten, einander neckten, sich ohne Bosheit beschimpften, denn so redeten sie nun mal; die lustlos – mehr der Form halber – miteinander balgten, damit man ihnen nicht nachsagen konnte, dass sie keine Männer seien, und schon eine Stunde davor sich gegenseitig und zum Vergnügen der anderen schlimme Dinge androhten, etwa das Zerknautschen und ausgiebige Bearbeiten des Gesichts, bis der Gegner seinem Ausweisfoto ähneln werde, oder das Verstreuen seiner Zähne im Veilchenbeet. Deswegen waren sie aber keine bösen Menschen, und Ticu Zidaru war stolz darauf, dass keine Rauferei je tödlich verlaufen war. Er pflegte ihnen sogar freundschaftlich zu sagen: »He, ihr Rentner, der Tod sucht euch schon zu Hause, und ihr wollt euch prügeln? Gleich lasse ich den Hund los, und der lässt euch dann hier in Unterhosen stehen!« Konflikte entstanden, soweit er beobachten konnte, aus zwei Gründen: wenn sie sich nicht über ihre Erinnerungen einig werden konnten, denn jeder hatte ein Ereignis anders behalten, genau wie in der Anekdote mit dem gefundenen Auto (das kein Auto, sondern ein Fahrrad gewesen war und nicht gefunden wurde, sondern verloren ging), und wenn die Rede auf Ceauşescu kam. Ob er ein großer Mann gewesen sei, den wir nicht imstande sind zu verstehen, oder eben ein herzloser Diktator; ob es zu seinen Zeiten besser war als jetzt; ob der Direktor eines bestimmten Betriebes, der als Vertreter Ceauşescus in der Gegend betrachtet wurde, ein Retter, ein Vater der Arbeiter gewesen war oder ganz im Gegenteil der größte Dieb, der mehr geklaut hatte als alle Arbeiter zusammen. Eine Zeitlang sah sich Ticu Zidaru gezwungen, ihnen jede Diskussion über Ceauşescu zu untersagen. Wer eine solche Diskussion vom Zaun brach, ob absichtlich oder nicht, musste zur Strafe eintausend Lei in einem Tonkrug deponieren, und zwar in bar und sofort. Von dem Geld, das so während eines Monats zusammenkam, trank man dann gemeinsam einen Schnaps. Diese Maßnahme beruhigte die Geister so lange, bis das Thema endgültig in Vergessenheit geriet. Ansonsten waren die Diskussionen recht amüsant. Man lachte viel und immer öfter, je mehr der Alkohol die Wangen rötete und die Blicke glasig werden ließ. Die Kriegserinnerungen des Papa Hrib und die Erinnerungen an die Einrichtung der Kooperativen wechselten sich ab mit solchen an die Zeiten in der Fabrik, die die meisten gekannt hatten. Die Kinder, die geschickt wurden, um die Väter oder Großväter nach Hause zu holen, spielten so lange, bis sie zu den Füßen der Erwachsenen einschliefen, wo sie sich kurz zuvor noch die Zeit damit vertrieben hatten, Zigarettenkippen zu zählen oder Ameisen in Spucke zu ertränken. Für diese Kinder hielt Ticu Zidaru immer ein paar Limonaden bereit. Bestellt wurden sie aber selten, da sie genauso viel kosteten wie zwei Wodkas oder drei Hausschnäpse. Aber solange Ticu Zidaru sich noch auf den Beinen halten konnte, ließ er die Kinder nicht verdursten. Er brachte ihnen einen kühlen Holundersaft aus dem Keller oder bereitete ihnen mit Wasser aus dem Brunnen einen Weichselsaft zu. Die meisten Limonaden bestellte der Oberst. Für ihn allein kaufte Ticu auch noch ein paar Flaschen Mineralwasser, denn sonst gab es niemanden, der Geld für ein Getränk ausgegeben hätte, das keinen Tropfen Alkohol enthielt.

Inmitten all derer, die in seinem Garten saßen, fühlte sich Ticu manchmal wie unter Freunden, die feiern gekommen waren. Oder sogar wie unter Mitbewohnern, die ihn seine Einsamkeit vergessen ließen – vor allem, nachdem ihn seine Frau verlassen hatte. Das erinnerte ihn an die Tage, die er bei einem Cousin in Lugoj verbracht hatte, der in einem Junggesellenheim wohnte. Dort tat man immer alles zusammen, man ernährte sich von Gerichten, die man abwechselnd auf einer Kochplatte zubereitete, und trank bis spät in die Nacht. Sie machten das jeden Tag, und ein Tag war wie der andere, so wie sie sich vorstellten, dass es im Paradies sein musste. Hier ist das Männerparadies, sagten die jungen Männer. Nur wenn mal eine Frau auftaucht, verlässt uns einer. Wenn er in zwei Wochen nicht zurückkommt, dann trinken wir zum Wohle seiner armen Seele, scherzten sie. Genau das hätte Ticu auch über den »Zerknautschten Traktor« gesagt: Hier ist das Männerparadies.

Und doch, nach der Scheidung tauchte im »Traktor« ab und zu eine Frau auf: Nicoleta. Sie hatte mächtige, dunkel behaarte Arme, quadratische Hände und dicke, graue Nägel. Ihre flinken Arme tauchten vor den Augen der Gäste auf wie ein Paar dicker, brünstiger Ratten, sie überkreuzten sich, trennten sich wieder und rissen die leeren Gläser an sich, was den Stammgästen das Gefühl gab, Nicoleta sei immer verärgert. Wenn manche andere Frauen einem ein leeres Glas wegnehmen, sieht das aus, als pflückten sie eine

Blume; bei Nicoleta hingegen hat man das Gefühl, sie zieht mit der Zange einen Nagel heraus, scherzte Herr Petrică. Ihr männliches Aussehen tat dem Ruf des Gartens als Paradies der Männer von der Akazienstraße keinen Abbruch, fand Ticu Zidaru. Nicoletas Arme, die ungeschickt an ihrer ärmellosen Bluse angebracht zu sein schienen, bedrängten und behinderten sich gegenseitig in der Kabine, wo sie die Gläser mit Wasser aus einem Eimer spülte. In die Kabine passten nur ihre Arme. Es war kein Platz darin für ihren stämmigen Körper, der draußen bleiben musste, wo er gnadenlosen Kommentaren ausgesetzt war. An den Tischen vorbei bewegten sich auch ihre Brüste, die groß waren »wie zwei Kanonenkugeln« (so Papa Hrib), wie »zwei Krautköpfe aus Gewächshäusern, wo Experimente durchgeführt werden« (so Herr Petrică), oder wie »zwei Polentas, von denen sieben ausgehungerte Mäher satt würden«, wenn wir Costel Spătaru glauben schenken sollten, der auf dem Land aufgewachsen war. Zu wenige hoben ihre Blicke so weit nach oben, dass sie Nicoletas große schwarzen Augen sehen konnten, Augen, die Papa Hrib sicherlich mit zwei Gewehrläufen aus der Zeit der Kollektivierung verglichen hätte, Herr Petrică mit zwei Zwetschgen, die für den Export bestimmt sind, und Costel Spătaru mit zwei verbrannten Frikadellen, wie er sie gern aß. Genauso wenige hatten ihre hohe Stirn bemerkt, das zu einem Knoten gebundene pechschwarze Haar, die Grübchen in ihren Wangen und die schlechten Zähne. So kam es, dass die meisten Gäste sich darin einig waren, dass Ticu Zidarus Nichte, wie er sie vorgestellt hatte, hässlich war wie die Nacht, was manche von ihnen nicht daran hinderte, ihr nach dem Konsum einer entsprechenden Menge Alkohol ehrliche kleine Komplimente zu machen, sie mit den Blicken zu verschlingen, ja ihr sogar Trinkgeld zu geben, womit sie den Lieblingsspruch Ticu Zidarus bestätigten, dass es auf dieser Welt keine hässlichen Frauen gebe, nur zu wenig Wodka.

Nicoleta war nicht wirklich seine Nichte, aber auch nicht seine Geliebte, wie man munkelte. Sie war eine Bekannte vom Land, die aus einer kinderreichen Familie kam und die sich, sobald die Zeit der Feldarbeit vorbei war, etwas dazuverdienen wollte. Deswegen tauchte sie auf und verschwand wieder, nicht ganz so mysteriös, wie die Leute meinten, sondern je nach Jahreszeit und dem Rhythmus der landwirtschaftlichen Arbeitsabläufe. Sie arbeitete für drei und war sich für nichts zu gut. Neben der Arbeit im Lokal putzte sie das Haus, wusch Ticus Wäsche, hackte Holz, machte Gemüse ein, presste Holundersaft und erledigte jedes andere Problem, das auftauchte. Wenn Ticu ehrlich war, musste er zugeben, dass die kleinen Gewinne seines Unternehmens mit den Zeiten ihrer Anwesenheit zusammenfielen. Nicoleta schrieb streng und ordentlich alle Schulden auf und kritzelte keine Hieroglyphen statt Buchstaben und Zahlen, so wie er das tat. Einmal verkündete sie gleich, wenn die Gäste hereinkamen, wie hoch ihre Schulden waren, ein anderes Mal bat sie den Briefträger, ins Gasthaus zu kommen, um die Renten dort auszuzahlen, damit sich die Empfänger nicht mehr damit herausreden konnten, dass ihre Frau die Rente sofort beschlagnahmte.

Eigentlich war Nicoleta der geheime Mechanismus, der den »Traktor«, so zerknautscht er war, am Laufen hielt und damit auch das Männerparadies, das sich Ticu vorstellte.

Allerdings hätte Ticu Zidaru das wahrscheinlich nie zugegeben.

Siebtes Kapitel

– in dem Herr Relu Covalciuc den Freunden im »Zerknautschten Traktor« von seinem Vorahnungstraum erzählt

Vorsichtig nahm Relu Covalciuc die Tomaten aus seinen Taschen; er beugte sich leicht vor, um Platz zu schaffen und sie heil herauszuholen. Nacheinander wischte er sie an seinem Hemd ab, bis sie glänzten. Mit dem Taschenmesser höhlte er die dunklen Stellen aus, dann schnitt er die Tomaten über dem Trichter der Entsaftungsmaschine in Viertel. Er vergewisserte sich, dass die Schale, die den dickflüssigen Saft auffangen sollte, gut zentriert war, damit nichts verloren ging, und begann die Kurbel zu drehen, wobei er mit einem Fuß fest auf die untere Sprosse des Hockers drückte. Die Männer, die um den Tisch saßen, ließen ihn nicht aus den Augen, und das wusste er. Darum dauerte die Safterzeugung etwas länger als sonst. Nachdem er den Saft in ein Glas gegossen hatte, hob er es ans Licht, bewunderte die Farbe und schnupperte zwei, drei Mal daran. Als er zum Tisch kam, stand dort schon ein Wodka bereit, allerdings ein großer und kein kleiner, wie er ihn sonst trank. Fragend sah er zu Ticu Zidaru hin, der ihm bedeutete, das gehe in Ordnung; 50 ml gingen also auf das Haus. Mitu erzählte gerade, wie er zusammen mit zwei anderen Freunden einen Kran, der in eine Schlucht gerutscht war, geborgen hatte, und zwar mit Hilfe eines Feuerzeugs, einer Taschenlampe und einiger Anglerutensilien. »Und mit zwei Litern Zwetschgenschnaps«, fügte er hinzu. Offenbar hatten sie es geschafft, den Kran zu bergen, aber sie wussten nicht mehr wie; sie waren zu betrunken gewesen. Als ihr Rausch nachließ, befand sich der Kran wieder oben am Straßenrand. »Wenn ich noch wüsste, wie ich's gemacht hab, bekäme ich glatt den Nobelpreis dafür, das ist euch ja wohl klar.« (So Mitu.) Es hatte ihm aber nur einen üblen Muskelkater und eine Schramme am Rücken eingebracht.

»Na, komm, Mitu, hör auf mit dem Quatsch. Lass lieber den Mann hier erzählen, was mit seinem Garten los ist«, sagte einer, und alle stimmten ihm zu.

»Da schau! Was für Quatsch? Ihr habt doch mit offenem Mund zugehört! Eure Zähne hätt' ich zählen können«, verteidigte sich Mitu, obwohl er es selbst kaum erwarten konnte zu erfahren, was im Garten passiert war.

»Na ja, was soll ich sagen«, sagte Relu Covalciuc und nippte an seinem Wodka, um sich Bedenkzeit zu verschaffen. »Ich weiß gar nicht, wo ich anfangen soll … Gestern Morgen bin ich aufgewacht, so gegen drei, halb vier, weil ich nicht mehr schlafen konnte. Ich hatte so ein Gefühl, dass irgendwas nicht stimmt. Darin bin ich wie die Tiere, ich spüre alles. Bei dem Erdbeben 1977 war's genauso. Eine Stunde vorher hatte ich schon eine Wahnsinnsangst. Das hab ich damals auch zu meiner Frau gesagt: ›Geta‹, hab ich gesagt, ›ich weiß nicht, was ich habe, aber ich bin halb tot vor Angst.‹ Mir wummerte das Herz, wie wenn man zu viel Kaffee getrunken hat. ›Geta, schau mal, wie mich die Henne da anschaut – genau wie ein Mensch.‹ Das habe ich eine Stunde vor dem Erdbeben zu meiner Frau gesagt. ›Menschenskind‹, sagte sie, ›ich glaube, du solltest mal ein Schlückchen trinken …‹ ›Aber nein, red keinen Unsinn, schau doch, was für böse Augen die Henne hat … Die wäre imstande, dir die Augen auszupicken, während du schläfst.‹ So hab ich eine Stunde vor dem Erdbeben geredet. Aber es war eher so, als ob mir jemand die Worte diktiert. ›Ach was! Wenn sie so böse ist, brauchst du einen Schnaps, um dir Mut zu machen.‹ ›Hör doch mit deinem Schnaps auf, Frau, nur davon redest du den ganzen Tag. Sieh dir lieber die Henne an, was für grausame Augen sie hat!‹ Aber es war nichts zu machen, sie wollte nicht glauben, dass ich so was spüre. Kaum eine Stunde später fängt die Henne an zu gackern, rennt wie verrückt hin und her, zappelt, schlägt mit den Flügeln, springt wie eine Ziege und versucht wegzufliegen. Sie konnte aber nicht richtig fliegen und landete prompt auf dem Kopf meiner Frau. ›Hilfe, ihr lieben Leute! Helft mir!‹, rief Geta entsetzt. Sie dachte, die Henne sei verrückt geworden und schrie, was das Zeug hielt. Zwei Minuten später – was war? Das Erdbeben! Ich brauche euch gar nicht zu erzählen, was uns alles passiert ist, wie uns der Fernseher fast explodiert ist …

Nach dem Erdbeben habe ich mich wieder beruhigt. Die Angst war wie weggeblasen. Die Hühner gackerten nicht mehr, der Hund bellte nicht mehr. Ich bin da wie die Tiere. Genauso wusste ich's im Voraus, dass sie mich in Rente schicken, aber das ist eine andere Geschichte … das erzähle ich euch ein anderes

Mal. Ich erzähle euch lieber, was gestern war. Also, als ich gestern aufgewacht bin, hatte ich kalte Hände und Füße. Ich bin eben wie die Tiere, ich spür die Sachen gleich. Ich hatte auch schlecht geträumt, und wenn ich schlecht träume, dann passiert bestimmt etwas. Genauso schlecht hab ich geträumt, bevor mein kleiner Bruder den Unfall hatte. Schon am Abend davor, beim Schlafengehen, war ich leicht beunruhigt. Die letzten zwei Tage hatten unsere Hühner nichts mehr gegessen und standen alle zusammengedrängt wie die Blöden in einer Ecke. Ab und zu warf ich ihnen eine Handvoll Körner zu, um sie munter zu machen, aber sie schauten mich aus Augen an, so wie sie schauen, wenn das Sprühflugzeug vorbeifliegt. Vor ein paar Tagen habe ich sogar zu meiner Frau gesagt: ›Geta, unsere Gackerer haben keinen Appetit mehr, das ist ein schlechtes Omen!‹ ›Lieber Mann‹, sagt sie zu mir, ›ich schätze, dir ist nach einem Schnaps.‹ Das verdammte Weib hatte diesmal sogar recht. Ich hätte gern einen kleinen gekippt. ›Ach was, das bildest du dir ein‹, hab ich zu ihr gesagt.

An einem anderen Tag habe ich auch meinem Sohn am Telefon gesagt, dass sich wohl was zusammenbraut. Er hatte angerufen, weil er den kleinen Claudiu zu uns bringen wollte. Und wisst ihr, was mir der Bengel darauf sagt? ›Das kommt vom Stress, Papa! Weil du sie den ganzen Tag beschimpfst.‹ Und meine Schwiegertochter, die ja medizinisch-technische Assistentin ist und gerade in der Nähe des Telefons war, musste natürlich auch ihren Senf dazugeben: ›Vielleicht leiden sie an Anorexie, Papa!‹ ›Das kann schon sein, Mädchen‹, sagte ich, ›sie halten den Kopf genau so wie deine Mutter, und die hat ja auch geklagt …‹ Darauf sagte die Schwiegertochter nichts mehr, sie hat die Pille geschluckt. Ihre Mutter ist nämlich auch so eine, die man am liebsten ohrfeigen würde. Ständig ist sie todkrank, und ständig hat sie Hunger. Mal geht sie zu oft aufs Töpfchen, mal ist sie verstopft, mal hat sie Kopfweh, mal Sodbrennen. Sie weiß selbst nicht mehr, wie viele Krankheiten sie hat. Ich glaube, wenn sie mal zugeben würde, dass sie gesund ist, würde sie auf der Stelle tot umfallen. So eine Schande könnte sie nicht ertragen.

Aber so sind meine Hühner nicht, das ist nicht ihre Art! Wenn sie nicht fressen, dann sind sie wirklich krank. Die verstellen sich nicht, es fehlt ihnen wirklich etwas. Wenn man sie so ansah, wie sie alle zusammenstanden, lustlos und mit halb geschlossenen Augen, da packte einen das Mitleid. Meine Frau suchte die Schubladen durch und fand ein paar abgelaufene Penicillintabletten. Die mischte sie zerstoßen mit weißem Käse zusammen und gab sie den Hühnern zu fressen. Sie meinte, vielleicht hätten sie sich verkühlt. Sie hatte ihnen schon einmal so was gegeben, und es war gut gegangen. Nur zwei waren gestorben. So ist meine Frau eben, alles bewahrt sie auf. Nicht einmal ein Stück Schnur würde sie wegwerfen. Wenn die Tabletten schon abgelaufen sind, tut es ihr fast leid, dass wir nicht krank waren und sie geschluckt haben. Aber sie wirft sie nicht weg. Sie bewahrt sie auf, so für alle Fälle. Und wenn die Küken krank sind, oder, Gott bewahre, das Schwein, dann gibt sie ihnen ein paar Tabletten. Denn wenn sie für Menschen gut sind, warum sollen sie nicht auch für

Tiere gut sein, sagt sie. Na ja, meine Hühner pickten nur widerwillig an dem Penicillinbrei. Eigentlich nur, weil Geta ihnen zuredete. Es half ihnen aber nicht. Sie standen trotzdem mit seitlich geneigten Köpfen da. Und gaben keinen Ton von sich. So kam es, dass ich schon besorgt ins Bett ging und nur mehr an meine kleinen Hühner dachte. Ich bin eben Rentner, woran soll ich sonst denken. Ich hab sie gern, auch wenn man ihnen nachsagt, dass sie blöd sind. Und es stimmt ja auch, sie sind ziemlich blöd. Mein Enkel trug einmal gepunktete Stiefel, und die Hühner fingen an, die Punkte anzupicken, weil sie dachten, die sind essbar. Aber schließlich, sagte ich zu meiner Frau, halte ich sie nicht wegen ihrer Klugheit, sondern wegen der Eier. ›Was würden wir mit ein paar supergescheiten Hühnern anfangen, die das Einmaleins können, aber nur nagelgroße Eier legen?‹, hab ich mal im Scherz meine Frau gefragt. Was glaubt ihr, was meine Frau darauf antwortet – die ist nicht blöd, sonst hätte ich sie ja nicht geheiratet: ›Mein lieber Mann, dann würden wir sie zu ProTV bringen und einen Haufen Dollar damit verdienen, wie Brucan*‹, sagt sie. Damit ihr seht, was ihr so einfällt, sie ist ja nicht blöd. Ich mag trotzdem meine Hühner, so blöd und eierlegend, wie sie sind, auch wenn sie das Einmaleins nicht können. Ich mag sie und pflege sie täglich. Wenn ich einmal ein Gurren oder ein Flügelflattern höre, oder wenn sie sich an die Federn gehen, springe ich gleich auf und gehe hinaus, um nachzuschauen. Wenn ich sehe, dass eine Henne hinkt, spüre ich den Schmerz fast selber, ehrlich. Wenn sie so rumsteht wie begossen, dann nehme ich sie und schaue mir ihren Kropf an, ob sie was gefressen hat, massiere vorsichtig ihre Beine, horche sie ab, sehe nach, ob die Farbe ihrer Krallen verändert ist, wärme mit den Händen. Ihr könnt euch also vorstellen, wie mir war, als ich sie alle so zusammengepfercht stehen sah, alle mit gesenkten Köpfen, alle so reglos, als ob sie in Gips getaucht wären. Das mir, der ich sie den ganzen Tag behüte und jede ihrer Federn kenne … So bin ich in großer Sorge schlafen gegangen und habe mich die ganze Nacht von einer Seite auf die andere gewälzt. In der Früh bin ich schweißgebadet aufgewacht, und das Betttuch unter mir war verdreht wie ein Seil. Und was für Träume ich hatte! Wenn jemand imstande wäre, sie zu deuten, bekäme er eine Gänsehaut – er könnte das Schicksal Rumäniens für die nächsten hundert Jahre daraus lesen. Wirklich! Ich erzähle euch nur einen davon:

Da war ich am Meer … ich, der wegen meinem Rheumatismus doch immer in Kurbäder und in die Berge gefahren bin. Aber im Traum war ich eben am Meer. Der Wellengang erzeugte ein Getöse wie in einer Schmiede. Die Wellen schlugen ans Ufer wie ein Presslufthammer: Schschsch-Bum! Schschsch-Bum! Schschsch-Bum! Ich hatte die gleiche Riesenangst wie damals, als ich klein war und nachts am Friedhof entlangging. Also, fast hätte ich mich vor lauter Angst angepinkelt. Und finster war es, ganz finster … Mit verbundenen Augen hätte man wohl mehr gesehen. Na ja, es war wie in unserer Straße, wenn man uns zu Zeiten des Erschossenen* den Strom abgestellt hat. Ich ging zwar weiter, aber sehen konnte ich nichts. Ich ging trotzdem weiter, denn das musste ich. Irgendjemand hatte mir befohlen weiterzugehen, nicht stehen zu bleiben … wenn ich stehen bliebe, wäre mein Kopf bald dort, wo meine Füße sind, wie man so sagt. Vielleicht hielt mir auch jemand einen Pistolenlauf an den Nacken, das weiß ich nicht mehr genau. Aber heutzutage ist ja alles möglich. So bin ich eben weitergegangen, was sollte ich schon tun? Mich wie ein Depp im Dunkeln erschießen lassen? Und das Meer rauschte so, dass man eine Gäsehaut bekam. Es klang, als würde es mit tausend Ketten aufs Ufer einschlagen. Ich versuchte, meine Füße davor zu schützen. Ich konnte zwar nicht sehen, wovor ich sie schützen musste, aber ich hab versucht, sie zu schützen, denn so bin ich eben – vorsichtig, so wie meine Frau sparsam ist. Vielleicht gab's gar keine schlagenden Ketten, aber wisst ihr, was ich dachte? Ich dachte, soll ich vielleicht abwarten, bis ich die Hucke voll kriege, und mich erst dann vorsehen? Neiiiiin … Vorsicht ist gesünder, dachte ich. Und als ich mich so fürchtete und nicht wusste, wovor und mich vorsah, ohne zu wissen wovor, da kam plötzlich ein Licht von oben. So wie im Traum eben. Der Mond ist wohl aufgegangen, dachte ich. Falsch gedacht. Ich schaue noch mal hin, und was sehe ich? Eine Art Feuer leuchtete von oben, so ein bisschen von einer Seite her, mit einem dicken Strahl, dick wie ein Baumstamm, dass es zwei Menschen gebraucht hätte, um ihn zu umfangen. Als der Strahl kam, blendete er so, dass ich die Hand vor die Augen halten musste, ehrlich, wie im Film. So wie die Scheinwerfer, mit denen mir der Agronom in die Augen geleuchtet hat, wenn ich unterwegs war, um was vom Acker zu klauen. Gleich hatte ich also die Hand vor den Augen. Nachdem ich mich schon etwas daran gewöhnt hatte, schaute ich mich nach einem Fluchtweg um. So wie damals, als uns der Agronom mit dem Auto verfolgt hat. Ich sehe das Meer. Riesige Wellen, die mich anbrüllen. In jener Sekunde habe ich den Parteisekretär des Betriebs vor mir gesehen, der mich anbrüllte, weil ich noch keine Zusammenfassung von den Reden irgendeiner Plenarsitzung gemacht hatte. Er verschwand aber schnell in den Wellen, die drei, vier Mal so hoch waren wie Sie groß sind, Herr Petrică, und ich habe ein bisschen erleichtert aufgeatmet. Wenn ich Ihr Talent gehabt hätte, Herr Petrică, dann hätte ich sie gemalt, ehrlich. So tolle Wellen begegnen einem selten. Die hätten sich über dem Sofa im Wohnzimmer ausgezeichnet gemacht.

Ich sehe mich noch mal gründlich um, aber von Ketten keine Spur. Pah, wie dumm von mir! Ich war der Einzige, der den Lärm gehört hat, und da habe ich wohl das Bettlaken so unter mir zusammengedreht wie ein Seil. Aber das Wasser war so, na, wie soll ich sagen, es hatte die Farbe von Spülwasser. Wie Abwasser war das, soweit ich es erkennen konnte. Es schwammen Karottenstücke darin und Ampfer- und Dillblätter, wie sie zurückbleiben, nachdem man die Teller abgespült hat, von denen man Gemüsesuppe gegessen hat. Erst nachdem ich gesehen hatte, wie es aussieht, begann es zu stinken. Aber so richtig! Mir wurde fast schlecht davon. ›Hej, wo gehst du hin?‹, fragt mich jemand. Ich sage nichts. ›Komm mit, es gibt Gemüsesuppe!‹, sagt die Stimme verlockend. Ich war fast gelähmt vor Angst. ›Kommst du jetzt oder nicht?‹, sagte die Stimme unwirsch. ›Ich steh nicht so auf Gemüsesuppe‹, sage ich vorsichtig. ›In zwei Tagen isst du auch den Teufel‹, sagt die Stimme und beginnt zu lachen. Aber was für ein Lachen! Als ob dir eine Klinge über den Rücken fährt. ›Und in zwei Jahren wirst du sogar dessen Vater essen!‹, fügt die Stimme hinzu und lacht weiter.

Da begann ich zu rennen. Ich rannte so, dass mir die Luft wegblieb. Wahrscheinlich habe ich dabei so geschwitzt, dass mein Bettlaken in der Früh ganz nass war. Als ich nicht mehr konnte, setzte ich mich auf einen Stein. Aber unter dem Stein hervor sagte jemand mit einschmeichelnder Stimme: ›Oooh, ich weiß, dir schmeckt Hühnersuppe, nicht dieses Gemüsewasser.‹ Ich bin wie von der Tarantel gestochen aufgesprungen. ›Aber dafür musst du dreimal krähen wie der Hahn‹, sagte die Stimme noch. Und da habe ich eben wie ein Hahn gekräht, Ehrenwort. Sogar im Traum hat's mich erstaunt, was ich für eine Stimme hatte. Die Töne kamen so schön aus mir hervor, dass ich am liebsten nie wieder aufgehört hätte. Aber als ich ein viertes Mal krähen wollte, flopp!, kam nur ein stinkender Rülpser raus.

Und da wurde das Meer noch wilder, es bellte geradezu. Es bellte und schäumte. ›Ach, was bist du dumm, Relu Covalciuc!‹, rief höhnisch die Stimme, die gerade noch einschmeichelnd gewesen war. Und wieder dieses hemmunslose Gelächter – ein schäumendes Gelächter. Ich schämte mich natürlich, weil ich reingefallen war, das muss ich zugeben, aber ich tat so, als ob nichts wäre. Und der Schaum, bei meiner Seele, sobald er ans Ufer geschleudert wurde, wurden daraus Hühner. Weiße, glänzende Hühner, an die fünf Kilo das Stück. In einer halben Stunde war der Strand voller Hühner. Nichts als Hühner, so weit das Auge reichte. Sie liefen ruhig hin und her, scharrten im Sand und pickten – genau wie meine Hühner im Gehege. Dass sie sich am Strand befanden, störte sie überhaupt nicht. Sie pickten an Muscheln, Sandkörnern und diesem Gras, das im Meer wächst. Ab und zu fanden sie auch einen Karottenwürfel oder ein bisschen Fenchel. ›Die gehören alle dir, Relu Covalciuc‹, sagte die erste Stimme ruhig. ›Siehst du sie?‹ Ich nickte. ›Die gehören alle dir! Sorg gut für sie!‹ Ich nickte wieder. ›Du sollst ihnen den Kropf betasten, ob sie auch gut gefressen haben, ihnen die Beine massieren. Du sollst nachsehen, ob sie weiße Läuse haben und ihnen stündlich die Temperatur messen‹, fuhr die Stimme ruhig und ernsthaft fort. Ich sah die Hühner ein bisschen geniert an, verschlang sie mit den Augen, wagte aber nicht, mich ihnen zu nähern. Ich war verdutzt. ›Los, an die Arbeit, worauf wartest du! Meinst du, wir füttern dich für nichts? Jedem nach seinen Fähigkeiten, jedem nach seinen Bedürfnissen‹, sagte die Stimme jetzt strenger, aber väterlich. Nicht gerade störend, würde ich sagen, aber wie sie mit mir umging, das hatte schon viel von dem, wie man uns früher in der Partei behandelt hat … Also hab ich den Mund gehalten. Was sollte ich schon sagen? ›Komm schon, Genosse, du schaffst sonst den Plan nicht‹, schnauzte mich die Stimme an. Ich schaue genauer hin, und was sehe ich? Die Hühner wuchsen wie aus dem Wasser, wurden dick, immer dicker, als würden sie aufgepumpt. Sie wurden riesig, ungefähr zweimal so groß wie Sie, Herr Petrică, vielleicht malen Sie sie ja eines Tages. Der Strand war voller riesiger, durchsichtiger Hühner, die ruhig vor sich hin pickten. Man konnte durch sie hindurchsehen, denn sie waren hohl. ›Siehst du, Genosse Covalciuc, siehst du?‹, tadelte mich die Stimme väterlich. ›Das sowjetische Huhn ist fetter als das amerikanische. Warum hast du uns das nicht geglaubt? Schade, dass wir dir das zeigen mussten …‹ Ich schämte mich, senkte reumütig den Blick und schwieg. Ich wartete darauf, dass der Ärger der Stimme verflog, so wie früher. ›Sie gehören alle dir, Genosse Covalciuc. Sie sind alle deine Bräute, Genosse! Die Partei hat dich gern, die Partei liebt dich, du ahnst nicht, wie viel die Partei für dich ausgibt!‹ Die Begeisterung der Stimme nahm zu. ›Kümmere dich um sie, Genosse! Betaste ihnen den Kropf, ob sie auch gefressen haben und massiere ihnen die Beine. Such sie nach weißen Läusen ab und miss ihnen stündlich die Temperatur.‹

Glaubt ja nicht, dass ich mich nicht gefreut hätte. Ich hatte das Gefühl, dass sich jemand um mich kümmerte. Bloß die Sache mit der Temperatur verstand ich nicht ganz, aber lassen wir das. ›Ich verrate dir auch ein Geheimnis, Genosse: Es sind alles Jungfrauen. Sie sind Parteimitglieder, hab keine Angst!‹ Ich erstarrte. ›Los, Genosse, an die Arbeit, wir haben dir alle Rahmenbedingungen geschaffen, damit du uns zeigen kannst, wie die Eierproduktion pro Hektar wächst!‹, sagte die Stimme und brach in ihr bellendes Gelächter aus, das mir durch Mark und Bein ging. Auf einmal hatte ich begriffen: Die erste und die zweite Stimme waren ein und dieselbe. Ich fing an zu zittern. Zum Glück hat meine Frau mich aufgerüttelt:

›Du und deine Hühner – lass mal, morgen kümmern wir uns schon um sie.‹

Es ging aber nicht um die Hühner, sondern um mein ganzes Leben. Ganz benommen und mit trockenem Mund bin ich aufgewacht. Ich setzte mich auf und wollte nachdenken, aber mein Kopf war ganz leer. Ich hab ein Glas Wein getrunken und mich wieder hingelegt. Meine Frau schlief wieder wie ein Murmeltier.

Ihr könnt euch wohl denken, wie besorgt ich eingeschlafen sein muss, wenn ich dann so ungeheuerliche Sachen träumte. Wie gesagt, ich bin wie die Tiere, ich spüre alles. Ich glaube, wir freuen uns eindeutig zu früh, der Kommunismus kommt eines Tages zurück. Und dann möchte ich die mal sehen, die jetzt in den Zeitungen und im Fernsehen so einen Mist verzapfen, wie die sich herauswinden werden. Ich seh mich schon, wie ich ihnen in Jilava* Frikadellen über die Mauer schleudere. Die Schlauköpfe, die jetzt Lügen erzählen, die waren's, glaube ich, die in meinem Traum gelacht haben. Die Schlauköpfe, die es nicht einmal geschafft haben, die Wohnblocks, die Ceauşescu gebaut hat, neu anzustreichen, geschweige denn, neue zu bauen …

Danach habe ich nicht mehr lang geschlafen, denn gegen drei, halb vier war ich schon wach. Irgendwas habe ich gefühlt. Ich bin ja wie die Tiere. Ich wurde wach und konnte nicht mehr einschlafen. Ich hatte irgendwie Angst, aber eine ganz verschwommene. Ich ging hinaus, um nach den Hühnern zu sehen. Alles war in Ordnung, keiner hatte sie gestohlen, und nichts Verdächtiges war zu hören. Der Himmel war sehr schön, voller Sterne, als ob Gott eine Handvoll funkelnder Körner gestreut hätte. Ich ging zurück in das warme Bett zu Geta, die wie eine Bohrmaschine schnarchte. Einschlafen konnte ich aber nicht mehr.

Und wie ich so dalag, gingen mir alle möglichen Gedanken und Bilder durch den Kopf, wie's wohl ist, wenn man nichts zu tun hat. Plötzlich kam mir eine verrückte Idee: Wie wär's, wenn ich meinen lieben Hühnern eine Überraschung bereite, dachte ich. Meiner Frau hielt ich die Nase zu, sie hörte sich an wie ein Achter-Bohrer auf Schwedenstahl, und das setzte meinem Kopf so zu, dass ich mich gar nicht konzentrieren konnte. Ich zog den Pyjama aus und tastete im Dunkeln nach meinen Sachen. Damit ging ich in die Küche, um mich bei Licht anzuziehen. Bis zum Sonnenaufgang war es noch etwa eine Stunde. Was sollte ich bis dahin tun? Ich habe mir einen Kaffee gekocht. Das habe ich mir in letzter Zeit so angewöhnt. Nicht einmal das Schwein wird gefüttert, bevor ich mir nicht einen kleinen Kaffee genehmigt habe. Schlechte Angewohnheit, aber ich komme nicht davon los. Haben unsere Großeltern vielleicht Kaffee getrunken? Sind sie vielleicht nicht in aller Frühe aufgestanden, ohne zu murren? Gar nichts tranken sie, denn sie hatten alle Hände voll zu tun! Kaffee ist nur für die Faulen und für die, die eine Arbeit haben, bei der nichts zu tun ist. Ich hab mir das Kaffeetrinken in der Fabrik angewöhnt. Da gab es ständig diese Momente von Leerlauf. Man wartete, bis der Rohstoff kam. Aber statt gar nichts zu tun, trank man eben einen kleinen Kaffee, den man auf der Heizplatte zubereitete. Wenn der Rohstoff da war, kam eine Stromunterbrechung.

Was sollte man tun? Man trank einen Kaffee. Wenn der Strom wieder da war, kam die Mittagspause. Man aß was auch immer, und danach, zack!, trank man einen kleinen Kaffee. Nach der Pause ging die Maschine kaputt, na ja, die war ja alt, was sollte man tun. Bis der Instandhaltungsmechaniker da war – er ließ sich Zeit –, nahm man noch einen. Nach der Reparatur nahm man noch einen – wenn das Herz noch mitspielte – und einen Schnaps mit dem Mechaniker, der einem erzählen wollte, was die Maschine gehabt hatte. Und so weiter. Ich glaube, deswegen waren früher alle hinter dem Kaffee her, weil alle solche Momente hatten, in denen es nichts zu tun gab, und sie irgendwie die Zeit totschlagen mussten. Und so haben wir uns daran gewöhnt … Jetzt kann man nicht einmal mehr eine Beerdigung veranstalten, ohne am Schluss zu dem Kuchen für den Verstorbenen auch einen Kaffee zu servieren.

Und so sagte ich zu mir, jetzt mache ich mir mal einen Kaffee! Bis die Hühner aufwachen, dauert es noch eine Stunde oder eineinhalb. Ich nahm das Kaffeetöpfchen von der Anrichte, wo es immer halbvoll mit Kaffeesatz steht. So ist meine Frau, sie lässt eben nichts verkommen. Sie schmeißt den Satz nicht weg, bevor sie ihn nicht zwei, drei Mal aufgekocht hat, bis auch die Mutter des Kaffees herausgeholt wurde. Wenn in den Tassen noch Kaffeesatz liegen bleibt, vor allem, wenn wir aus den großen Tassen trinken, sammelt sie alles mit dem Löffel ein und gibt es zurück ins Töpfchen. ›Es wäre schade um dem guten Satz‹, sagt sie. Und wenn sie ihn zwei, drei Mal gekocht hat, wirft sie ihn auch nicht einfach so weg, sondern gibt ihn zu den Blumen, denn es ist schade, ihn auf den Mist zu werfen, sagt sie. Also stellte ich den Satz mit einer großen Kanne Wasser vom Wasserhahn zum Kochen hin. Ich kochte also einen Kübel Kaffee, und während ich ihn gemächlich, Schluck für Schluck trank, überlegte ich wie ein Depp: ›Wie sehen mich wohl die Hühner? Würden sie mich unter tausend anderen Menschen erkennen? Kann ich ihnen hundertprozentig vertrauen? Ob sie an Gott glauben? Haben sie denselben Gott wie wir? Gibt es auch für Hühner ein Paradies?‹ Zum Kaffee habe ich mir auch ein Gläschen Schnaps eingeschenkt, nur damit der Kaffee nicht so einsam ist. ›Ob sie wissen, dass ich ein Mann bin? Und was halten sie davon, dass ich keine Flügel, keinen Schnabel und keinen Kropf habe? Finden sie mich hässlich? Wieso verstehen sie mich, wenn ich mit ihnen rede?‹ Sie verstehen mich nämlich wirklich … Wenn ich sage: ›Kommt, meine Kleinen, kommt zu Papa!‹, kommen sie gleich zu mir, egal in welcher Ecke des Hofes sie gerade sind. Ihr werdet es nicht glauben, oder vielleicht glaubt ihr, dass ich nicht ganz bei Trost bin, aber es tat mir irgendwie leid, dass ich kein Huhn bin. Ich hatte das Gefühl, es würde mir gefallen, in dieser Gestalt zu leben, der eines Huhns. Ich weiß nicht, vielleicht wegen des Kaffees, den ich auf leeren Magen getrunken hatte, aber in dem Augenblick wollte ich, dass mir erst Flaum und dann Federn wachsen, dass ich unter der Henne hocke, da wo es warm ist, dass ich klein bin und angefeuchtetes Mehl picke, dass sich ständig jemand wie eine Glucke um mich kümmert und dass ich, wenn es donnert, schnell, schnell unter einen richtigen Flügel zurückhuschen kann. Es hätte mir gefallen, mit dem Kopf im Gefieder zu dösen, es hätte mir gefallen, dass mir alles am Arsch vorbeigeht, dass mich niemand anmeckert und dass ich diese verdammte Rente nicht brauche. Dass ich kein Telefon, Strom, Gas, Wasser und Kabel zu zahlen habe. Dass ich nicht wählen gehen muss. Dass mich die Nachrichten nicht ärgern. Versteht ihr, wie wunderbar das Hühnerleben ist? Den lieben langen Tag spazierst du nur hin und her, ohne Eile und Sorgen, du pickst an einem Würmchen, an einem Körnchen, das sich unter einem Scheit versteckt hat, du schaust schräg auf, wenn das Flugzeug mit dem Unkrautvernichter vorbeifliegt, du kriegst dreimal am Tag zu essen, wenn es kühler ist, drängst du dich mit deinen Brüdern und Schwestern in eine Ecke, wo man sich gegenseitig wärmt, denn sie sind keine Egoisten wie die Menschen, bei denen jeder sich nur um seinen eigenen Kram kümmert. Du döst, wann du Lust hast, wenn nicht, spielst du mit einem frischen Würmchen, nimmst es in deinen Schnabel und rennst damit weg, lässt es fallen und hebst es wieder auf, du packst es mal in der Mitte, mal beim Kopf, wie's dir besser passt. Und kein Fernsehen, kein Telefon, kein Gas zu bezahlen. Was will man mehr? Ihr könnt lachen, wenn ihr wollt, aber an dem Morgen, verschlafen wie ich war, betete ich plötzlich: ›Lieber Gott, wenn es ein Hühnerparadies gibt, dann lass mich bitte dort ein.‹

Ich trank Kaffee und dachte daran, wie gut es wäre, ein Huhn zu sein, bis es hell wurde. Mein Kopf war so heiß geworden wie ein Gluckenhintern, wie man so sagt. Als ich von der Sitzbank aufstand, berührte ich kaum den Boden, ich schwebte eher. Es war, als ob mir Flügel gewachsen seien, die mich aber noch nicht so richtig trugen. Ich hörte den Hahn bei Aurora im Hof krähen. Ich ging hinaus und atmete tief ein. Es roch nach schwerem Heizöl, wahrscheinlich hatte man während der Nacht am Bahnhof welches verladen. Auf Zehenspitzen ging ich zum Hühnerstall, damit ich sie nicht störte, und horchte. Sie gackerten leise. Sie waren wach. Ich wollte ihnen eine Überraschung bereiten, sie früh in den Garten gehen lassen, wenn die Erde voller Regenwürmer ist. Die Freude wollte ich ihnen machen, obwohl noch Tomaten an den Stauden hingen und ich wusste, dass sie die anpicken würden. Wo sie jetzt kränkelten, konnte ihnen ein bisschen Fleisch guttun. Ich nahm die Kurbelwelle vom Türchen weg und ließ sie raus. Nachts tue ich immer etwas Schweres an die Tür, damit kein Dachs reinkommt. Sie kamen ziemlich munter heraus und schüttelten sich genüsslich. Das Penicillin hatte ihnen offenbar gutgetan. Sie plusterten sich auf und pickten sich unter den Flügeln, die Morgenpflege, sie ahnten gar nicht, was für ein Geschenk auf sie wartete. ›Sooo, folgt jetzt dem Papa, ich habe eine Überraschung für euch‹, sagte ich zu ihnen, und sie scharten sich ungeduldig um meine Füße. Ich machte das Maschendrahttor mit Eisenbetonrahmen auf, ließ sie in den Garten und sagte, »Na, kommt, meine Kleinen!« Ich musste das nicht zweimal sagen, und schon warfen sie sich wie die Geier mitten in die Tomaten-, Gurken- und Bohnenpflanzen und auf die bereits leeren Kartoffelbeete. Sie brauchten gar nicht zu scharren, sondern schnappten sich die Regenwürmer im Vorbeilaufen, und das mit einer unvorstellbaren Freude.

Ich war stolz auf mich! Plötzlich sehe ich, dass sich meine Hühnchen merkwürdig schütteln, einen Wurm im Schnabel. Zur Hälfte schlucken sie ihn, die andere Hälfte schleudern sie einfach weg. Ich trat näher heran. Die Hühner standen wie gelähmt da. Ich guckte hin, und mir wurde fast schlecht. Der Garten war nicht nur voll, sondern zum Bersten voll von Regenwürmern. Gott soll mich strafen, wenn ich je in meinem Leben mehr Regenwürmer auf einem Haufen gesehen habe als damals. Als ob es Regenwürmer gehagelt hätte. Die Hühner liefen entsetzt in ihr Gehege zurück. Ich stand wie blöd da und sah zu. Manche Regenwürmer waren schleimig und daumendick, sie glichen schon mehr Schlangen, andere waren klein und flink wie die Spulwürmer. Ich ging auf den Dachboden, zog mir Gummistiefel an und nahm einen Spaten mit. Um die Regenwürmer zu beseitigen, dachte ich. Ich warf einen Spaten voll von den kleineren zu den Hühnern hinüber, denn wenn es weniger wären, dachte ich, dann würden die Hühner sie aufpicken. Aber nichts da! Sie rührten sie nicht an. Und da sage einer, dass Hühner nicht feinfühlig sind. Ich stand da, sah mir das ganze Herumgekrieche an und wusste nicht, was tun. Ich dachte, ich schaue mal nach, ob es im Garten bei Mitruț genauso ist. Ich trat auf die ganzen Würmer drauf, bis ich einen Blick über den Zaun werfen konnte. Dort war alles so sauber wie meine Handfläche. So was! Sicher, auch bei mir waren es nicht überall gleich viele, sondern sie häuften sich wie ein kleiner Damm auf einer Diagonale, die sich durch den ganzen Garten zog. Insgesamt aber waren es ein paar Lastwagenladungen, das schwöre ich. Jetzt sind es weniger, aber auf der Diagonale ist der Haufen noch immer eine Handbreit hoch. Wenn man nicht vorher einen Schnaps zu sich nimmt, kann man gar nicht hinschauen. Stellt euch vor, da stand ich wie ein Depp um fünf Uhr in der Früh knöcheltief in diesem Gewimmel und überlegte, was ich damit tun sollte. Sollte ich sie mit dem Schubkarren wegbringen? Aber wohin? Sollte ich einen Kipplaster kommen lassen? Aber wer würde seinen Laster schon mit so was beladen? Sollte ich sie mit Benzin begießen und anzünden? Das hätte ich am liebsten getan. Einen Moment lang wollte ich sogar die Polizei holen. Aber die wären bestimmt nicht gekommen. Wenn es sich nicht wenigstens um einen Mord handelt, bewegen die ihre Hintern gar nicht. Als die Sonne kam, glänzten die Regenwürmer im Licht wie ein Teich. Sie bewegten sich auch wie Wasser, aber zurück in die Erde wollten sie nicht. Von kleinen Würmern, weiß wie Petersilienwurzeln, bis zu den größten, dick wie ein Seil und mit Ringen, so dick wie ein Ehering; von solchen mit weißen Knoten, die also irgendwann mal ein Spaten durchgeschnitten hat, bis zu solchen, die rot waren wie rote Bete oder so blau wie die Lippen meiner Frau, wenn sie sich ärgert. Es gab Regenwürmer verschiedenster Nationalität und Herkunft. Als die Sonne kräftiger wurde, hatte man den Eindruck, auch die Regenwürmer würden etwas weniger. Diejenigen, die oben geblieben waren, lagen matt da, wie ein kalt gewordenes Essen.

Als ich später in den Keller ging, um Käse zu

holen, was sehe ich? Auch dort Regenwürmer, aber nicht ganz so viele wie im Garten. Da der Boden dort gepflastert ist, konnten nur die in den Keller, die sich zwischen den Steinen durchzwängen konnten. Auf den Käse- und Gemüsegläsern, überall muskulöse, zapplige Regenwürmer mit rauher Haut. Die Dunkelheit und die Kühle bekam ihnen, versteht ihr. Die Kartoffeln, die Sellerie, die rote Bete, alles war unter den ekligen Dingern begraben, die sich ständig drehten und wanden wie die Artisten. Von den Gläsern mit Gemüseeintopf, die ich noch nicht ins Regal gestellt hatte, sah man nur noch die Deckel. Als ich so ein Glas hochnahm, machte es flups!, als ob ich einen Holzpfahl aus dem Schlamm gezogen hätte. Mit Eimer und Besen hab ich ein paar Ladungen Regenwürmer rausgeholt, ich weiß nicht mehr wie viele, und in den Garten gekippt. Wo hätte ich sie sonst hinbringen sollen? Jetzt kommen sie Gott sei dank nicht mehr in solchen Mengen in den Keller, vielleicht ein halber Eimer pro Tag, das ist gar nichts. Im Garten sind sie auch etwas weniger geworden, wie es scheint … Ich denke mal, wenn der Frost kommt, werden sie schon sterben. Natürlicher Dünger, oder?«

Voll Staunen bekreuzigte sich Ticu Zidaru, eine ausholende, bedächtige Gebärde.

Relu Covalciuc kippte hinunter, was noch in seinem Glas war.

Herr Petrică fand nicht zum Lächeln zurück. Er schwankte zwischen Selbstbeherrschung, Verwunderung und Ekel, was ihn im Augenblick dümmlich aussehen ließ.

Papa Hrib fand es schade, dass die Geschichte zu

Ende war und vor allem keinen richtigen Schluss hatte. Zum Trost zündete er sich an der heruntergebrannten Kippe, die er mit Hilfe eines gebogenen Grashalmes hielt, eine neue Zigarette an.

Costel Spătaru, der später gekommen war, saß ein bisschen abseits auf den Ziegelsteinen am Rand des Wegs, den Kopf in die Hände gestützt. Er war nicht dazu gekommen, sich zum Sitzen einen Baumstumpf aus der Scheune zu holen.

Nachdem Relu Covalciuc aufgehört hatte zu berichten, legte sich das Schweigen über alle Anwesenden wie ein Tarnungsnetz. Aber nicht für lange. Eine halbe Stunde später waren alle wieder imstande zu reden, und das taten sie auch, und zwar gleichzeitig. Keiner sprach jemand Bestimmten an, und niemand hörte so genau hin, was der andere sagte. Man diskutierte.

Von der Straße her hörte sich das Gerede drinnen an wie das Brodeln eines Suppenkessels.

Achtes Kapitel

– in dem wir erfahren, warum Herr Costel Spătaru mit seiner Gattin nicht spricht.

Costel Spătaru war der mürrischste in der ganzen Akazienstraße, und alle Nachbarn wussten das. Er war ständig so mürrisch, dass man schwer erkennen konnte, wann er wirklich zornig war. Jetzt aber war er fuchsteufelswild, wie seine Frau Aurora zu sagen pflegte. Vor lauter Zorn saß er da und sagte kein Wort. Er hatte nicht einmal den Fernseher eingeschaltet. Nur ab und zu warf er einen sehr verärgerten Blick auf die Lesebrille mit orangefarbenem Plastikrahmen, die neben der aufgeschlagenen Zeitung auf dem Tisch vor dem Fenster lag. Entgegen seiner Gewohnheit hatte er die Brille mit den Gläsern nach unten hingelegt, sodass die Bügel wie zwei Periskope in die Höhe ragten. Seine Frau Aurora ahnte bereits, dass etwas nicht in Ordnung war. Obwohl Costels Gesicht so tat, als sei alles bestens und liefe wie geschmiert, verhielt sich Aurora vorsichtig, denn Costel war nicht der Mann, der seine Brille so auf den Tisch legte, mit den Bügeln nach oben. Zumal es die neue Lesebrille war, die er sich just an diesem Morgen gekauft hatte. Aurora sagte aber nichts, aus Angst, er könnte sie anschreien, wie er es öfter tat, wenn er verärgert war oder bereits ein paar Gläschen Schnaps getrunken hatte. Nein, nein, er war eindeutig nicht der Mann, der seine Aufheller, wie er seine Brille nannte, so achtlos hinwarf. Aurora konnte sich sehr wohl daran erinnern, dass er, bevor er dafür das Plastiketui mit der goldenen Schrift gekauft hatte, das beim Schließen klack machte – »Das wird es nur anfangs tun, bis es sich rundgelaufen hat, Frau« –, seine Brille mit solcher Sorgfalt in ein Tuch gewickelt hatte, dass man hätte meinen können, es handle sich um ein Kind. Er hatte Aurora um ein dickes und weiches Tuch gebeten, das – Gott bewahre! – jeden Schock abfangen würde. Sie hatte ihm ein viereckiges Stück aus einem Paar flauschiger Unterhosen ausgeschnitten, die so oft gewaschen worden waren, dass sie sich nun wie Samt anfühlten, sagte ihm aber natürlich nicht, dass das Tuch von Unterhosen stammte, damit er sie nicht gleich anfuhr. Sie sagte, das Stück stamme aus einem alten chinesischen Handtuch. Nein, ihr Costel legte seine Brille nie achtlos hin. Sie konnte aber nichts sagen, ihn nicht fragen, was ihm fehle, denn wenn er zufällig schon zwei Schnäpse intus hatte, dann wäre es das gewesen. Dann würde er sie nur mehr dumm und blöd nennen. Warum ihn also reizen? Ging es ihr denn nicht gut, so wie es war? Besser, sie strickte weiter und schaute aus dem Fenster, denn da gingen genügend Leute vorbei. Seit der Geschichte mit den Regenwürmern bei den Covalciucs gab es viel Hin und Her. Alle wollten den Haufen Würmer sehen, wollten sie sogar fotografieren, um damit bei den Enkeln zu protzen. Denn man wusste ja nicht, was danach passieren würde, vielleicht ein außerirdisches

Phänomen, etwas ganz Ungewöhnliches, wie manche sagten. Sie könnten dann den Enkeln die Fotos zeigen und sagen, schaut her, ihr Grünschnäbel, ich war auch dort, in meiner Straße ist das passiert, ich habe nicht umsonst gelebt, ich habe ein nicht identifiziertes Phänomen erlebt, Gott sei's gedankt. Es gab also genug zu sehen, wenn man aus dem Fenster schaute. Die Menschen gingen beim Tor der Covalciucs ein und aus, da ging es zu wie in einem Taubenschlag. Sie hatte den Vorhang ein wenig beiseitegeschoben und eine Ecke gelüpft, die sie mit einer Tasse auf dem Fenstersims beschwerte, sodass sie beobachten konnte, ohne gesehen zu werden. Ihr Costel war eben so, wenn er ein bisschen was gezwitschert hatte, dann wurde man ihn nicht mehr los, er hielt sich an einem wie die Krätze. So schweigsam er auch im nüchternen Zustand war, so ekelhaft konnte er werden, wenn er sich etwas hinter die Binde gegossen hatte. Er schimpfte dermaßen, dass sie sich seiner schämen musste. Herr Petrică sagte immer, wenn Costel derjenige wäre, der bei einem Schimpfwettbewerb Noten zu vergeben hätte, würde er nicht einmal lobende Erwähnungen verteilen, kein Kandidat wäre ihm originell genug. Denn er pflegte auch im »Traktor« zu schimpfen, aus heiterem Himmel, wie ein Sommerregen. Aber es war gar nicht so, wie sie glaubten, dass er sie für nichts und wieder nichts beschimpfte. Er hatte schon seine guten Gründe, nur lagen die Wochen zurück – Dinge, die sie ihm angetan oder zu ihm gesagt hatten, als er nüchtern gewesen war. Wenn so etwas vorkam, sagte er nichts oder murmelte nur kurz vor sich hin. Dein Mann, sagte Herr Petrică zu ihr, ist wie das Echo – du beschimpfst ihn heute, und er wiederholt es zwei Wochen später. Aber erst, wenn er ein bisschen Treibstoff an Bord hat, damit die Zündung funktioniert.

Warum also sollte sie ihn reizen?

Besser stricken. Sie hatte eine gute Wolle, es war ein richtiger Genuss, zu stricken und aus dem Fenster zu schauen. Die Leute gehen hin und her … Die Leute gehen bei den Covalciucs ein und aus … wie im Taubenschlag. Gott sei dank!

Gegenüber stößt Milica das Tor auf, mit einem Glas in der Hand. Bestimmt hat sie kein Öl mehr … Vielleicht ist es wirklich so. Ihr ist das ja auch schon passiert. Aber warum zieht es sie ausgerechnet zu Frau Covalciuc? Nur damit sie ihre Nase in Sachen stecken kann, die sie nichts angehen. In jeden Mist. Sie muss ihre Nase in Covalciucs' Regenwürmer stecken, als ob es ihr nicht reichen würde, was sie von all den anderen hört. Damit sie sagen kann, dass es nach Schwefel roch und sich alle wundern. Damit sie folgern kann, dass die Regenwürmer aus großer Tiefe kommen, womöglich direkt aus der Hölle, und nachher rufen kann wie Hleanda: »Brüder, bereut, denn es kommt das Ende der Welt.« Und was hat sie im Haus des Oberst gesucht? Da hatte Herr Petrică wohl recht. Wenn Milica wegen ein paar größeren Stricknadeln zu Frau Covalciuc gekommen war, dann nur, weil sie direkt gegenüber wohnte und wegen nichts anderem. Sie war ja nicht vom anderen Ende der Straße gekommen. Allerdings stimmte es schon, die Regenwürmer waren richtig eklig. Fahl, von der Sonne verbrüht, schleimig … Und Frau Covalciuc hatte ihr erzählt, dass es anfangs noch mehr davon gegeben hatte. Wenn sie ihr so zuhörte, wurde ihr ganz übel, das ganze Essen kam ihr wieder hoch. Sie redeten, als ob sie sich daran schon längst gewöhnt hätten. Sie kamen einem schon merkwürdig vor. Als ob die Regenwürmer schon zu ihrer Familie gehörten. Sie nannten die Regenwürmer »sie«. »Sie« waren nicht einmal zum Seifekochen gut, so mager wie sie waren, wie Pastrami. Sonst hätten sie sie meinetwegen in einen Blechtrog geben, Lauge drüber gießen und Kernseife daraus machen können. Da hätte man auch etwas davon verkaufen können. Aber wohin mit so vielen Regenwürmern? Wie viele Tröge hätte man da gebraucht? Außerdem, wer hat schon je von Regenwurmseife gehört? Als ob sich Schweineseife besser anhörte!

Costel Spătaru gab einen merkwürdig klingenden Seufzer von sich, als ob er ein Schlauchboot aufblasen wollte. Dann versuchte er, sich am Rücken zu kratzen, indem er den einen Arm über die Schulter schlang, aber das Manöver gelang nicht so recht. Er änderte die Taktik und ging seinen Rücken mit dem anderen Arm von der Seite an. Wie er seine Finger auch reckte, die vor lauter Anstrengung zu zittern begannen, er schaffte es nicht, mit den Nägeln die betreffende Stelle zu erreichen. Es blieb ihm nichts anderes übrig, als es mit dem Arm an derselben Körperseite zu versuchen. Dazu bog er den Arm vom Ellbogen aus, führte ihn so zum Rücken und schob ihn so weit wie möglich nach oben. Das stellte ihn anscheinend mehr oder minder zufrieden, und er beruhigte sich.

Sie hatte den Vorgang genauestens beobachtet, denn das waren die einzigen Bewegungen, die ihr Costel in der letzten halben Stunde gemacht hatte. Ansonsten hatte er nur dagesessen wie ein Sack Gerste auf dem Speicher. Wenn sie so darüber nachdachte, konnte sie nicht schwören, dass ihr Mann wirklich noch keinen Tropfen Alkohol angerührt hatte. Allerdings konnte sie sich auch nicht erinnern, dass Costel in angetrunkenem Zustand je zu so präzise ausgeführten Bewegungen in völlig logischer Reihenfolge fähig gewesen wäre. Und die Tatsache, dass er nicht geschimpft hatte, obwohl er mit dem Resultat seiner Bemühungen nicht vollends zufrieden schien, verstärkte noch ihr Misstrauen. Wie fast alle Frauen, deren Partner unter Alkoholeinfluss nicht erst eine Einladung zum Schimpfen oder zum Ohrfeigen-Verteilen brauchten, hatte sich Aurora eine Liste von Indizien angelegt, ja eine Art Wissenschaft entwickelt, mit deren Hilfe sie den Alkoholisierungsgrad ihres Mannes bestimmen konnte. Schon aus Gesprächen, die sie in ihrer Kindheit aufgeschnappt hatte, aber auch aus solchen, die sie später selbst geführt hatte, wusste sie, dass manche Männer nach einem ordentlichen Schnaps rote Augen, Ohren oder Wangen bekamen; so ein Glück aber hatte Aurora nicht. Ihr Costel wirkte nach zwei Gläsern Schnaps noch präsenter als vorher, redete nicht besonders viel, erschien einem allerdings entspannter als gewöhnlich, was es für sie schwer machte, vor allem anfangs, zu erkennen, ob sein neuer Schwung von Alkohol oder Kaffee kam. Sein unbewegliches, leicht bräunliches Gesicht zeigte kaum irgendwelche Anzeichen von Alkohol, und wenn sie solche an der Ungenauigkeit seiner Bewegungen oder deren unlogischen Abfolge erkannte, war es bereits zu spät. Ein einziges Wörtchen, das ihn aufforderte aufzuhören, konnte schon reichen, um eine Lawine von Beschimpfungen, eventuell mit ein paar Ohrfeigen gespickt, auszulösen.

Warum sich also einmischen?

Bei ihrem Costel hatten sich die Anzeichen, die sich bei anderen Männern bemerkbar machten, als ungültig erwiesen. Die Hinweise auf einen angeheiterten Zustand, die sie von anderen wohlwollenden und wohlmeinenden Ehefrauen mühsam ergattert hatte, hatten ihr nur Schwierigkeiten bereitet. Wenn man den Regeln, die sie in Form von Lebensweisheiten gelernt hatte, Glauben schenken sollte, müsste ihr Costel im Moment vollkommen nüchtern sein: Er hatte keine roten Äderchen in den Augen, die Ränder seiner Ohren waren nicht gerötet, er hielt den kleinen Finger der rechten Hand nicht ausgestreckt, wenn er das Glas zum Mund führte, er ließ die Sätze, die er sprach, nicht unbeendet, die Pausen dazwischen waren nicht bedeutend länger, und er lachte auch nicht ohne Grund, so wie er viele andere Dinge nicht tat. Wenn sie ihn allerdings voller Vertrauen und Milde ansprach, konnte sie den Satz kaum zu Ende führen, schon bekam sie einen Kübel voll übelster Beschimpfungen übergossen. So kam es, dass sie mit der Zeit versuchte, das Gelernte zu vergessen und dafür Costel besser kennenzulernen. Trotzdem gab es nichts Komplizierteres auf der Welt, als rauszubekommen, ob Costel schon zwei Glas Schnaps intus hatte oder nicht. Für anderen mochte das unerheblich sein, aber nicht für sie, denn es macht einen Unterschied, ob man erhobenen Hauptes einkaufen gehen kann oder zu Hause hinter den Vorhängen bleiben muss, bis die blauen Flecken weg sind.

Warum ihn also reizen?

Nach der Art, wie er sich gekratzt hatte, hätte man meinen können, dass er noch nichts getrunken hatte. Oder wenn doch, dann nicht mehr als zwei Glas. Sicher war sie sich allerdings nicht. Sie hatte sich schon öfter geirrt. Er konnte sich jetzt wie ein normaler Mensch kratzen, und, wenn er eine Stunde später vielleicht die Hand zum Nacken führen wollte, erwischte er sein Ohr oder die Stuhllehne und wankte, dass man meinen konnte, gleicht kippt er um. So ist es nämlich mit dem Alkohol, solange er nicht in den Kopf gestiegen ist, meint man, man könne mit seinem Gegenüber ganz normal reden, aber im Nu wird man beschimpft und, zack!, geht's weiter (»Pass bloß auf, sonst kleb ich dir eine!«).

Ohne ihr Stricken zu unterbrechen, löste sie schweren Herzens den Blick vom Fenster und sah Costel vorsichtig noch einmal an, um zu prüfen, ob es neue Anzeichen zu entdecken gab. Mit verschränkten Armen saß er schweigend da, und wenn er nichts getrunken hatte, so war er entweder sehr in Sorge oder krank, dachte Aurora. Er bückte sich und kratzte sich an der Wade. Die sichere Geste gab ihr den Mut, es einmal zu probieren, also sagte sie: »Sieh mal, Papa Hrib geht gerade vorbei. Ich glaube, er war in der Stadt …« »Er kann mich mal!«, murmelte Costel von seinem Stuhl aus.

Aurora war es jetzt klar, dass der Mann nicht getrunken hatte, oder wenn, dann nicht mehr als zwei Glas. Er war sehr verärgert, sie konnte aber nicht sagen weswegen.

In der Tat, Costel Spătaru war äußerst verärgert.

Und das aus zwei Gründen. Früh am Morgen hatte er einen uninspirierten Kauf getätigt, und gegen elf hatte er zu allem Überfluss seinen früheren Vorarbeiter getroffen und erfahren, dass der sich seine Rente nun in der Stadt selbst abholte, und das mit Hilfe eines Plastikrechtecks, Karte genannt. Noch dazu, als Krönung des Ganzen, machte ihm sein Magen zu schaffen, und sein diskretes, aber oftmaliges Aufstoßen erinnerte ihn daran, dass er am Abend zuvor Rum getrunken hatte, einen Rum, der nach seiner Einschätzung mehr als nur weitläufig mit Schwefelsäure verwandt war. Kein Zweifel, es gab Tage, an denen alles schieflief, Tage, die in Gottes geheimem Kalender mit einem Totenkopf gekennzeichnet sind, über den der Allmächtige auch noch zwei gekreuzte Knochen getan hat, als ob der Totenkopf allein nicht genügte. Und es war erst zwei Uhr nachmittags an einem solchen Tag. Bis zum Abend konnte noch alles mögliche Unheil passieren … und seine Frau glotzte wie eine Kuh aus dem Fenster, ohne dass sie mit ihrem hohlen Kopf auf den Gedanke käme, einen Ringelblumentee zu kochen, wo ihm der Magen doch so fürchterlich brannte. Bis heute Abend konnte er sich auf alles Mögliche gefasst machen. Er konnte sich zum Beispiel ein Bein brechen, die Schwefelsäure konnte ihm die Magenwände zerfressen, sein Haus konnte Feuer fangen, oder die Regenwürmer von gegenüber konnten auch seinen Hof heimsuchen. Die freilich durften ruhig kommen, vor allem, wenn sie außen am Fenster kleben blieben, damit seine Frau, dieses Rindvieh, nicht mehr hinausglotzte, sondern endlich auf die Idee käme, einen Johanniskrauttee zu kochen. Er hatte ja die Regenwürmer in Covalciucs Garten auch gesehen, alle auf einem Haufen, wie eine Schneeverwehung. Wie sollte er sich nicht ärgern, wenn es ihm gerade an so einem Totenkopftag eingefallen war, frühmorgens aus dem Haus zu gehen, statt wie ein Baby zu schlafen oder wenigsten länger liegen zu bleiben und königlich zu faulenzen. Er hätte sich wie ein Faulpelz die Decke über den Kopf ziehen sollen, damit ihm die Fliegen nichts anhaben konnten, oder seine Blase so lange wie möglich bis knallvoll lassen, nur damit er mit dem Gang zum Klo nicht auch die süße Sonntagmorgen-Betäubung abschüttelte. Aber nein! Statt verschämt aufzustehen, weil der Geistliche schon in der Kirche ist, während man selbst sich im Bett noch von einer Seite auf die andere dreht wie die Tür in den Angeln, wie es in der Bibel heißt, was tut man? Man wacht früh auf, eilt hinaus, als ob einem der Zug wegführe, und warum? Damit man ja nichts versäumt, wenn die Schwierigkeiten ausgeteilt werden und man nachher womöglich ganz ohne dasteht. Manche sind eben so. Sie geben keine Ruhe, bis sie welche kriegen. Man macht sich schon bei Sonnenaufgang auf den Weg, um ja keine Schwierigkeit zu versäumen. Warum sollte man noch mit einem Kirchgang Zeit verschwenden, wenn man es schon so eilig hat, hopp, hopp in ein Schlamassel zu geraten – wenn einem nicht wohl ist, bevor man nicht wenigstens ein bisschen was davon abkriegt? Was wollte er eigentlich so früh morgens auf dem Markt? Irgendein Unglück natürlich! Wer hat ihn schon in aller Frühe im Trab zum Markt getrieben, wenn nicht der Böse selbst? Und was für eine tolle Idee er da gehabt hatte, eine

Brille von den Moldawiern zu kaufen! Noch dazu eine orangefarbene, damit die Bienen nur so herbeifliegen wie zu einer Schlüsselblume. So eine Mistbrille aber auch! Schon wahr, neue Aufheller brauchte er, denn mit den alten konnte er nicht mehr die Zeitung lesen, aber er hatte nie und nimmer damit gerechnet, dass er so blöd sein könnte. Außerdem hatten die ja kübelweise Brillen gehabt, Körbe über Körbe voll davon, Brillen aller Couleur … Er hätte leicht fünfzig Paar ausprobieren können, aber nein, er musste ausgerechnet dieses kaufen. Er ist nun mal so, wenn er einen Kater hat, entwickelt er Charakter. Es ist ganz klar seine Schuld, da hat es keinen Sinn, die Moldawier zu beschuldigen. Der Moldawier war sogar nett und meinte, er solle es sich noch mal überlegen, aber er: Nein, nein, er will diese, ein, zwei Nummern größer, wie man Schuhe für die Kinder kauft. Wenn er sich einmal etwas in den Kopf gesetzt hat, lässt er sich das um nichts in der Welt wieder ausreden. Vor allem wenn er einen Kater hat. Was soll man mit so einer Brille schon machen, durch die man so viel sieht wie durch den Boden eines Senfglases? Nur zum Teufel schicken kann man die!

Und diese Frau! Nachdem sie ein ganzes Menschenleben zusammen verbracht haben, ist sie noch immer so schnell von Begriff wie eine Schnecke, nicht einmal einen Tee versteht sie ihm zu kochen. Wie soll man da nicht durchdrehen? Ohrfeigen zeitigen keine Wirkung. Abgesehen vom Stricken weiß sie nicht mal, wie viele Ohren sie hat. Und das Stricken hat sie nicht mal gelernt, das hat sie bei der Geburt mitbekommen, so wie man Gehör, Sehvermögen und Geruchssinn mitbekommt. Und er hat sie auch in letzter Zeit nicht mehr geschlagen, das stimmt. Wie soll sie da etwas lernen? Man kann ihr nichts beibringen. Aber gar nichts. Auch jetzt noch bekam er, wenn er sie um eine Flügelmutter bat, nach wie vor eine Rohrwalze. Wie soll man da nicht Lust kriegen, ihr eine zu scheuern, damit sie nur noch von Flügelmüttern träumt? Von lauter Flügeln von Flügelmüttern!

Es stimmte schon, wenn er nüchtern war, schlug er sie nicht. Aber wenn er sich betrank, erinnerte er sich an alles, denn er bewahrte alles sorgfältig in Schubladen auf. Sobald er so eine Schublade aufmachte, klebte er ihr schon eine. Er machte noch eine Schublade auf, erinnerte sich an sonst irgendeinen Unsinn, und so weiter. Die Schlüssel zu den Schubladen bewahrte er am Boden des großen Schnapsglases auf. Sobald er das Glas ausgetrunken hatte, fand er die Schlüssel. Sobald er die Schlüssel gefunden hatte, fing er an, Schubladen aufzumachen. Anders ging es ja gar nicht. Aus ihren zwei glatt, zwei verkehrt konnte man sie nur durch einen mechanischen Schock herausreißen. Erst nach einer solchen Sitzung ließ sie die Stricknadeln fallen und kochte einmal eine Suppe. Aber lange hielt es nicht an.

Wie sollte man da nicht nach den Schubladenschlüsseln suchen?

Die andere Brille hatte er doch auch bei den Moldawiern gekauft. Das war 1990 gewesen, als sie gerade angefangen hatten, sich am Markt zu zeigen. In die Arme waren sie sich gefallen wie Brüder, er hatte den Moldawier geküsst wie bei der Vereinigung* und eine Brille mit schwarzem Gestell ausgesucht, widerstandsfähig, von guter Qualität, die ihm jahrelang gut gedient hat. Damals hatte er Vertrauen zu ihrer Ware gefasst und hat dann immer wieder, jeden Sonntagmorgen, etwas von ihnen gekauft: einmal Tomatenmark, ein anderes Mal Nylonfaden für die Angel, Schraubenmuttern Größe acht oder Batterien für die Taschenlampe. Sogar Socken und Unterhosen hatte er von ihnen gekauft. Er hatte aber gemerkt, dass in letzter Zeit die Qualität nicht mehr die gleiche war. Die Truthahnpastete zum Beispiel schmeckte jetzt wie kleingehackte Socken. Es war nicht mehr das Gleiche. Er hatte aber auch Schuld, wenn er an so einem Totenkopftag einkaufen ging. Was wollte er in aller Herrgottsfrühe auf dem Markt? Obwohl ihn der Molawier gut beraten hatte. Probier mehrere, hatte er gesagt, es gibt ja Gottseidank genug davon. Er aber wollte unbedingt diese, denn so ist er eben, ein entschlossener Bursche, wenn er es mit dem Alkohol übertreibt. Was hatte er sich in seinem blöden, benebelten Gehirn gedacht? Er hatte gedacht, ich nehme sie eine Nummer größer, denn die Augen werden sowieso immer schlechter, und so werde ich sie nicht wieder nach zehn Jahren ersetzen müssen, wie die, die ich jetzt hatte, sondern erst nach fünfzehn. Da hätte ich doch was gespart! Nicht, dass mir das Gleiche passiert wie mit der jetzigen, die mich nach zehn Jahren im Stich lässt! Denn so hatte seine Mutter für ihn auf dem Markt immer alles gekauft, als er ein Kind war, alles eine Nummer größer, egal was es war, damit es im nächsten Jahr auch noch passte. Wie Menschen vom Lande eben, die immer wenig Geld hatten … Nur dass er durch die Brille sah wie durch einen Glastunnel. Wer weiß, wenn seine Augen sehr viel schlechter werden, kann er vielleicht in einem Jahr damit lesen. Wenn er bloß nicht bis dahin das Zeitliche segnet, denn an so einem Totenkopftag weiß man nie, was einem bis zum Abend so alles widerfahren kann. Und wenn er sterben sollte, wär's auch kein Malheur. Er wird veranlassen, dass man ihn mit der neuen Brille begräbt, damit er gut aussieht, wie ein Ingenieur, denn sehen bräuchte er dann sowieso nichts mehr. Das Grab würde er auch mit ein paar Dioptrien zu viel auf der Nase finden. Dann hätte er wenigstens das Geld nicht umsonst ausgegeben. Obwohl, wenn er es recht bedachte, wie ein Ingenieur aussehen konnte er genauso gut mit weniger Dioptrien, das heißt mit der alten Brille. Außerdem, wie würde das aussehen, er, ein ehrenwerter Toter, mit der orangefarbenen Mädchenbrille auf der Nase! Da hätten die vom »Traktor« eine Woche nach dem Leichenschmaus noch immer was zu lachen. Und den Fliegen würden die Bienen Konkurrenz machen, weil das Brillengestell sie anzog wie Löwenzahnblüten … pfui, was für Gedanken ihm da kamen! Er musste sich damit abfinden: Er hatte das Geld zum Fenster hinausgeschmissen. So war das. Wozu nach Ausreden suchen!

Und kaum hatte er die Brille gekauft, schon war er seinem früheren Vorarbeiter begegnet. Um was zu erfahren? Dass der seelenruhig seine Rente in der Stadt abholt, mit der Karte, und er hatte ihm ein Stück Plastik mit einem braunen Streifen gezeigt. »Schau, das ist die Karte. Die schiebt man in eine Maschine, die Bankomat heißt und einer automatischen Drehbank ähnlich ist, dann drückst du ein paar Knöpfe und du kriegst deine Rente, genau abgezählt, sogar am Sonntag.« Also ehrlich! Zuerst dachte er, der Vorarbeiter wollte ihn auf den Arm nehmen, so wie er das früher in der Fabrik tat, der Witzbold. Er dachte, das sei vielleicht eine Telefonkarte, die irgendein Amerikaner verloren und Herr Plopşoru gefunden hatte, um jetzt den Schlauen zu markieren. Herr Plopşoru konnte ihn aber nicht zum Narren halten, denn er ließ so lange nicht locker, bis ihm der frühere Vorarbeiter das Ganze demonstrierte, obwohl er behauptete, jetzt wäre kein Geld mehr auf seinem Konto. Er hatte keine Ruhe gegeben, bis ihm dort an der Maschine die Null Lei angezeigt wurden, was bedeutete, dass die Karte funktionierte. Und nach der Vorführung hatte Herr Plopşoru zu ihm gesagt: »Spătaru, du bist zwar gesprächiger geworden, seit du in Rente bist, aber du hast noch immer ein Brett vorm Kopf.« Soll er doch glauben, was er will. Vor allem an so einem Totenkopftag.

Und diese Postbotin mit ihren Grimassen einer verbitterten Hündin konnte sich jetzt schon verabschieden von den schönen Worten zum Empfang und dem Trinkgeld nach der Rentenauszahlung. Zumindest was ihn betraf, wenn nicht die ganze Akazienstraße. Eine sauer gewordene Giftnudel war sie, nur auf Trinkgeld und Tratsch aus. Adieu, das war's. Er, Costel Spătaru, würde sich eine Karte besorgen, und sie konnte ihn kreuzweise. Sie verdiente Arschtritte und kein »Wie schön, Sie zu sehen«. Das sollte sie wissen. Gehörte sich das etwa, was sie tat? Wenn man sie nicht gleich mit »Wie schön, Sie zu sehen«, danach einem Kaffee und zum Schluss einem Trinkgeld bedachte, bekam man beim nächsten Mal seine Rente als Allerletzter. Die anderen unterhielten sich schon seit drei Tagen im »Traktor« bei einem Glas und ein paar Scherzen, man selbst hingegen stand nach wie vor am Tor und wartete wie ausgestopft auf die Rente. Nur weil die Postbotin es dir zeigen wollte, damit du das nächste Mal spurst. Sie ließ dir sogar durch die Nachbarn ausrichten, wenn Herr Spătaru eine große Klappe hat, dann kann ich auch sagen, dass ich ihn nicht zu Hause angetroffen habe und seine Rente zurückschicken. Man bekam sie dann zwar trotzdem irgendwann, aber bis dahin kriegte man ganz lange Zähne, und das wusste sie. Gehörte sich so etwas? Nein, natürlich nicht. Man konnte schon mal auf Pump einen trinken, aber für wie lange?!

Und wieso zum Teufel hatte Herr Plopşoru schon seit einem Jahr eine Karte, und er selber hatte noch nicht mal davon gehört? Sonst hätte er der Postbotin schon vor einem Jahr zeigen können, wo der Hammer hängt, ist doch klar. Sie brachte ihm sein Geld immer zuletzt, und dann drohte sie ihm auch noch. Schon richtig, wenn er einen gezwitschert hatte, dann hatte er ihr schon einmal etwas erzählt. Aber wie sollte man sich auch nicht über so ein aufgeblasenes Rindvieh ärgern, wie es die Postbotin war? Fast wäre es besser gewesen, er hätte nicht erfahren, dass Herr Plopşoru schon seit einem Jahr eine Karte hatte. Noch dazu machte ihm dieser nichtsnutzige Magen mit seinem Brennen zu schaffen, und Aurora dachte nicht einmal daran, ihm einen Tee zu kochen.

Sollte man da nicht nach dem Schubladenschlüssel Ausschau halten?

Sobald eine Person oder sonst etwas Bewegliches wie eine Meise oder ein Auto in ihr Gesichtsfeld geriet, erwachten die Augen der Frau Spătaru aus ihrem vagen Zustand potenzieller Aufmerksamkeit und konzentrierten sich, plötzlich quicklebendig, auf die Veränderung der Szenerie. Mit einer Leichtigkeit, die sie sich nach langem Üben angeeignet hatten, gingen sie vom undifferenzierten, amorphen Schauen dazu über, die dynamischen Details rege und einfühlsam zu erforschen. Während dieses Perspektivenwechsels hielten die Finger auf den Spitzen der Stricknadel keine Sekunde inne, als ob das Stricken irgendwie unabhängig vom Rest des Körpers abliefe.

Das Geschehen auf der Straße, das Aurora hinter den Vorhang verfolgte, beseelte sie auf kindliche Weise und riss sie zu Ausrufen und unwillkürlichen Kommentaren hin, meistens voller Wärme und Verständnis, obwohl sie manchmal auch boshaft werden konnte. In jedem Falle reizten die verbalen Reaktionen seiner Gattin Herrn Spătaru gewaltig, da er zu Recht annahm, sie äußere sich so auch dann, wenn sie allein im Zimmer war, was bedeutete, dass sie nicht direkt ihn ansprach, wie er eine Zeit lang geglaubt hatte. Auch er schreckte nicht davor zurück, die Straße hinter dem Vorhang hervor zu beobachten, allerdings tat er dies schweigend, ernst und distanziert und behielt seine Bemerkungen für sich. Er schimpfte nur, wenn er sich dazu gezwungen sah, und seiner Ansicht nach war das etwas völlig anderes.

Ihre Art, nur halb am Leben der Straße teilzunehmen, gepaart mit der Tatsache, dass sie überdurchschnittlich hochgewachsen war, verliehen Aurora

Spătaru das Aussehen eines »desorientierten Storchs« (so Papa Hrib), das den einen sympathisch war, beziehungsweise das Aussehen eines »Dorftrottels« (so Costel Spătaru), das anderen zutiefst unsympathisch war.

Frau Spătaru setzte sich ans Fenster wie andere vor den Fernseher. Genauer gesagt, vor den Fernseher wie vor das Fenster, denn die Dinge waren in dieser Reihenfolge passiert. Das Fenster hatte es vor dem Fernseher gegeben, daran war, anders als im Falle von Ei und Henne, nicht zu zweifeln. Obwohl sie sich einen Schwarzweißfernseher schon im fünften Jahr ihrer Ehe angeschafft hatten, waren doch Dauer und Vielfalt der Sendungen so beschränkt gewesen, dass das Schauen aus dem Fenster noch über viele Jahre das Hauptvergnügen geblieben war. Natürlich gab es auch Besuche bei den Nachbarn, aber wegen der Schwäche des Herrn Spătaru, nach zwei Gläschen Schnaps nur mehr Beschimpfungen ohne Ende von sich zu geben, war diese Tätigkeit eingeschränkt worden. Erst nach der Revolution hatte der Fernseher Frau Spătaru mehr fasziniert als das Fenster, während ihr Mann zunehmend den »Zerknautschten Traktor« attraktiver fand. Erst für die letzten Jahre konnte man also behaupten, dass Frau Spătaru sich vor das Fenster wie vor den Fernseher setzte, wobei sie das Geschehen auf der Straße mit dem gleichen Eifer verfolgte, mit dem sie einen Film sah, und Ausrufe und Kommentare beisteuerte, als ob sie selbst beteiligt wäre. Diese spontanen und an sich harmlosen Reaktionen brachten Herrn Spătaru dermaßen aus der Fassung, dass er den Zeigefinger vor seiner Schläfe in der Luft drehte; womit er andeutete, seine Frau sei geistesgestört. Dies tat er auch, wenn er allein im Zimmer war; er brauchte sich nur daran erinnern. Natürlich war auch er – während eines Fußballspiels zum Beispiel, bei einer spannenden Szene, die mit einem Tor endete – imstande, aus dem Sessel zu springen, zum Zeichen des Sieges die Arme in die Luft zu werfen und dabei vor lauter Freude ohne bestimmten Adressaten Beleidigungen von sich zu geben, als ob er selbst das Tor geschossen hätte. Er fand aber, dass das etwas anderes sei, etwas völlig anderes, ohne zu erwähnen, was genau.

Als die Schneiderin mit einem Glitzern in den Augen und einem Stück Stoff unterm Arm aus dem Tor der Nachbarn von gegenüber heraustrat, schaltete Frau Spătarus Blick auf Autofocus, ihre Augen wurden schmaler, um die Farbe des Stoffes besser bestimmen zu können, und sie murmelte ziemlich deutlich: »Ab und zu muss man sich einen Rock schneidern lassen.« »Oder ein Paar Hosen«, kommentierte aus seinem Stuhl heraus Herr Spătaru, ohne zu wissen, worum es sich genau handelte und auch ohne wirklich ein Paar Hosen zu brauchen, sondern nur von der Besessenheit seiner Frau irritiert. »Oder ein Paar Hosen …«, murmelte sie zahm, in spürbar versöhnlicher Absicht, fast didaktisch, was seine Laune noch eine Spur verschlechterte.

Herr Spătaru winkte überdrüssig ab, als wollte er sagen: Mit jemandem, der absichtlich nett ist, nur um zu zeigen, wie gut er ist und wie böse sein Gegenüber, mit so jemandem kann man nicht reden. Aurora sah seine Geste aber nicht, da sie mit dem

Gedanken beschäftigt war, dass man aus dem Stück Stoff, das Matilda unterm Arm trug und das die Farbe überreifer Kirschen hatte, auf keinen Fall ein Paar Hosen machen konnte, zumal der Farbton ganz und gar nicht dem Geschmack des Herrn Covalciuc entsprach. Folglich war die Annahme, dass aus dem Stoff ein Rock für Frau Geta entstehen sollte, die einzig brauchbare.

Zwei Kinder traten in Auroras Gesichtsfeld. Klick!

Das Mädchen, ungefähr zehn Jahre alt, hörte plötzlich auf zu laufen, hockte sich hin und begann mit einem Plastiklöffel, einem Eislöffelchen wohl, den Staub zwischen den Ziegelsteinen herauszukratzen. Um besser sehen zu können, was sich am Boden tat, erhob sich Frau Spătaru halb von ihrem Sessel, ohne dass diese Bewegung in irgendeiner Weise den Rhythmus ihrer Handarbeit verlangsamt hätte. Trotz dieser Anstrengung konnte sie nicht mit Sicherheit feststellen, ob das Mädchen mit einem kleinen Plastiklöffel herumkratzte oder mit einem Stück Holz. Sie ließ dieses Detail beiseite, als ihre Neugier von einem Buben angezogen wurde, der an die zwei Jahre älter als das Mädchen sein mochte und der demonstrativ die Hände hinter dem Rücken hielt. Ganz bestimmt versteckte er da etwas. Aber was? Etwas Gutes oder etwas Schlechtes? Ein Bonbon oder eine Klette? Der Bub machte Auroras Vermutungen ein Ende, als er um das Mädchen herumging und mit dem Rücken zu Auroras Fenster stehen blieb. Da sah sie es: Ein Krug voll Wasser! Das war es also, was er da versteckte. Aurora Spătaru konnte es sich nicht verkneifen zu sagen: »Wenn du sie nass machst, ziehe ich dir die

Ohren lang!« Die Worte drangen allerdings nicht durch das Fenster bis zu dem Buben, sondern eher zu Herrn Spătaru, der verärgert murmelte: »Ich dir auch!« Das Mädchen spielte sorglos weiter. Mit der Rechten nahm sie den angesammelten Staub auf, und mit linkischen Bewegungen trug sie ihn unter Gemurmel in der hohlen Hand zu einem Haufen in der Nähe. Der Bub sagte etwas zu ihr und lächelte dabei hinterlistig. Wenn er das Mädchen nass macht, könnte es sich erkälten, dachte Frau Spătaru. Ob sie nicht hinausgehen oder wenigstens an die Scheibe klopfen sollte? Zu spät! Das Mädchen drehte sich abrupt um und warf dem Buben den Staub in die Augen. Danach lief sie blitzschnell weg, und wahrscheinlich lachte sie laut. Der Staub hatte nicht die Augen des Buben getroffen, sondern nur seinen Hals und Mund. Bei dem Versuch, sich zu wehren, hatte der Bub den Krug fallen lassen, aber daraus war nichts in den Straßenstaub geflossen. Der Bub hat also nur so getan, sagte Aurora laut. Jetzt spuckte er aus und staubte mit den Händen sein Hemd ab. Ein Heukarren, der ihn dazu zwang, sich auf die andere Straßenseite zurückzuziehen, versperrte Frau Spătaru die Sicht. Mit dem Karren verschwand auch der Bub aus ihrem Gesichtsfeld, als ob er sich im Heu versteckt hätte. Sie ging näher ans Fenster, um so ihren Blickwinkel zu erweitern, und schaute nach beiden Seiten die Straße entlang, aber die beiden waren verschwunden. Die Episode war zu Ende.

Was würde wohl nach der »Werbepause« im Heu passieren?

Nach kurzem Warten tauchte Claudiu auf, der

Enkel der Nachbarn. Er hatte einen Ball unterm Arm und ein Plastikrohr in der Hand. Er legte den Ball vorsichtig auf einen der Pfosten am Tor. Er ging ein paar Schritte zurück, bis er in der Mitte der Straße angekommen war, führte das Rohr zum Mund und visierte damit den Ball an. Dann blies er. Der Papierpfeil flog weit über den Ball hinaus. Claudiu zog aus seinem Gürtel einen anderen Pfeil, eigentlich einen sehr spitzen Hohlkegel, in den man höchstens Mohn hätte füllen können, und steckte ihn in das Rohr. Erst da fiel Aurora auf, dass auf der Straße nur noch die Kinder zu sehen waren. Sogar das Hin und Her am Tor gegenüber hatte aufgehört. Das bedeutete, dass es bald fünf Uhr war, die Zeit, zu der im Fernsehen die Telenovelas ausgestrahlt wurden. Aurora riss sich vom Fenster los.

Herr Spătaru blickte auf die Uhr. Er beschloss, ein wenig an die Luft zu gehen. Und ganz unauffällig schlenderte er zum »Traktor« hinunter.

Neuntes Kapitel

– in dem allerlei »Diskussionen geführt« werden, auch über den Export von Regenwürmern

»Im Ernst, Mitu?« »Ehrlich, Mensch, glaubst du vielleicht, ich halluziniere? Ich weiß schon noch, was ich sage.« »Er hat sie sich wirklich in den Mund geschoben?« »Eine Handvoll nach der anderen. Man hätte meinen können, er isst Trauben …« »Herr Petrică, ich hab es auch gesehen. Zwar in einem Schwarzweißfernseher, aber ich habe es gesehen.« »Wann hast du denn die Zeit gehabt, es dir anzusehen, wo du den ganzen Tag nur redest?« »Ihr habt euch ja abgesprochen. Ja genau, das glaube ich, ihr habt euch abgesprochen!« »Und was macht's, wenn er den ganzen Tag redet, er ist doch Rentner, oder?« »Außerdem sagte er noch, er würde das jedem empfehlen, vor allem den Damen, die Abmagerungskuren machen.« »Ja, Mensch, der Reporter war dabei, da nahm er eine Handvoll Regenwürmer und warf sie ein, wie Tabletten.« »In den Nachrichten?« »Ja, Mensch, wie oft soll ich dir das sagen, in den Nachrichten kam das.« »Vielleicht war er blau und nahm sie als Pastillen, damit seine Frau nichts riecht.« »Aber wo! Er aß auch Frösche – Teichhühnchen sagte er dazu. Der ließ nichts verkommen!« »Was für ein Ekel!« »Er nahm den Frosch bei einem Beinchen, machte den Mund auf und ließ ihn da hineinfallen, ungefähr so, wie es Fane mit dem Korn macht.« »Hast du das mit eigenen Augen gesehen?« »In der Glotze, Mensch! Wenn die lügen, dann lüge ich auch!« »Was soll's? Die Chinesen essen doch auch Köter!« »Ich würde ja meinen Afalic auch für ein paar von deren Yen verkaufen. Der bellt mich sowieso nur an.« »Da bringst du was durcheinander. Yen gibt es bei den Japanern.« »Egal, Schlitzaugen haben sie doch alle.« »Und was ist, wenn sie Schlitzaugen haben, gehen sie deswegen vielleicht nicht in Rente?« »Bei uns haben sie ja auch entdeckt, dass gehäutete Hunde als Lämmer verkauft wurden. Und? Ist vielleicht jemand daran gestorben?« »Da schau, die Rumänen essen also auch Hunde. Der Unterschied ist nur, die Chinesen wissen es, die Rumänen nicht.« »Geh, die Chinesen essen doch nicht irgendwelche Hunde. Das sind spezielle Hunde, die sie zu Pilaw verarbeiten.« »Ausgerechnet du weißt, dass sie speziell sind. Hast du ihnen untern Schwanz geschaut?« »Er wird das auf der Uni studiert haben. Ha ha!« »Speziell, von wegen! Die werden eben auch Schlitzaugen haben, wie ihre Besitzer, sonst haben sie wohl kein richtig süßes Fleisch.« »He, ich glaube, die werden einzeln mit Reiskörnern gestopft. So wie man die Truthähne mit Nüssen stopft.« »Und dabei tragen sie Boxhandschuhe, was?« »Ihr lacht hier blöd! Die sind speziell, könnt ihr mir ruhig glauben. Sonst gehst du drauf, kriegst Darmwürmer.« »Bei dem vielen Gebrannten, das sie in sich hineinleeren, werden die Würmer Alkoholiker und begeben sich zum Hinterausgang.« »Durch ihre Gedärme geht genauso viel

Schnaps durch wie durch Ticus Kessel.« »Na, so was von oberschlau! Und du führst das Glas wohl zum Ohr, oder was?!« »Was regst du dich so auf, das ist ja gar nichts Schlechtes. Findest du's besser, man kriegt Darmwürmer?« »Du plusterst dich ja auf wie die Geldbörse des Oberst, wenn er seine Rente kriegt.« »Habt ihr das mitgekriegt? Im Haus des Oberst wird nur Mineralwasser getrunken. Ich habe gesehen, wie er dabei war, einen ganzen Kofferraum voll zu entladen.« »Das Wasser aus dem Wasserhahn stinkt ihm. Er sagt, das schmeckt wie faule Eier.« »Wenn's wie Eier riecht, warum kriegt's dann keine Küken? Ha ha!« »So was hab ich noch nie gehört, dass man Geld für Wasser ausgibt!« »Dem geht es eben zu gut. Manche haben nichts, was sie auskotzen könnten, andere geben Geld für Furzwasser aus.« »Wenn sie auf mich angewiesen wären, würden die mit dem Mineralwasser pleitegehen.« »Nur, wenn's Costel nicht erfunden hat!« »Nein, Mensch, ich sage doch, ich hab gesehen, wie er einen Kasten nach dem anderen hineingetragen hat.« »Der wird noch verrosten.« »Wie die Drehmaschinen nach der Revolution.« »Wasser ist nicht mal für die Füße gut.« »Das brauchst du uns nicht zu erzählen.« »Ich beziehe es vom Pumpental. Es ist sauber, kristallklar, hundertprozentig rein. Vor allem nach dem Genuss von Wodka zu empfehlen.« »Wartet mal, ich muss euch die Geschichte zu Ende erzählen. Die Frau von dem kommt auch ins Fernsehen.« »Von wem denn?« »Na, die Frau von dem Ekel. Sie sagte, sie hat sich daran gewöhnt. So braucht er nicht so viel Essen.« »Ich glaube, der ist vor Hunger verrückt geworden. Das gibt's.« »Nur dass sie keine Tomaten oder Petersilie anbauen kann, sagt sie, weil das Ekel ihr verboten hat, irgendetwas in den Boden um das Haus zu pflanzen.« »Wieso denn das?« »Na, wohl, damit die Regenwürmer nicht erschrecken … was weiß ich?« »Regenwürmer kann man doch nicht wie Fische erschrecken!« »Das Ekel meint, die sind dann zarter, wenn der Boden brachliegt. Ich hab's ja auch gesehen, wie gesagt. Im Schwarzweißfernseher, aber ich hab's gesehen.« »Ihr hättet hören sollen, wie er's erzählt hat. Hatte keine Probleme damit. Einmal mit dem Spaten rein, und schon hat man das Frühstück, und noch mal einen Spaten rein, und fertig ist das Mittagessen.« »Ich frage mich, wie ihn seine Frau noch küssen kann. Ob auf den Mund oder den Hintern, das muss bei ihm doch gleich sein …« »Ich glaube, der leidet unter Plattfuß am Hirn, sonst kann man sich das nicht erklären.« »Aber seine Frau hat auch schon lang kein Ozon mehr ins Oberstübchen gekriegt.« »Ob der beim Militär war?« »Bei den Spezialtruppen hätte er Karriere gemacht.« »Da hätte er's zum Oberst gebracht.« »Wenn ich seine Frau wäre, würde ich zu ihm sagen: Entweder ich oder die Regenwürmer!« »Herr Ticu, einen Korn bitte, mir wird schon ganz anders.« »Und im Winter? Hat er gesagt, was er im Winter macht, wenn die Teichhühnchen unter einem halben Meter Eis liegen, was tut der vornehme Herr da? Was mampft er so?« »Na ja, darüber hat er nichts erzählt.« »Hält er sie vielleicht im Blumentopf auf dem Fensterbrett?« »Du bist ja gar nicht so blöd! Das ist doch mal 'ne Idee!« »Ich glaube, er legt sie in Salzlauge ein, wie die Sardellen.« »Mir schmecken Sardellen in Tomatensauce besser.« »Herr

Relu, wir sollten Sie dem Ekel vorstellen. Bei den Mengen an Ware, die Sie haben, kann er sich so viele Konserven zubereiten, wie er das ganze Leben braucht.« »Außerdem muss er gar nicht danach graben.« »Wenn Sie noch zwei wie den finden, haben Sie schon ein gutgehendes Unternehmen, Herr Relu.« »Vielleicht einen verrückten Amerikaner, der in Dollar zahlt.« »Herr Relu, Sie machen das große Geld und geben uns einen Wodka für die Idee aus.« »Ideen habt ihr, sag ich mir, so viel wie das Klosett Papier!« »Herr Relu, wir meinen das ganz ernst, und Sie machen sich lustig über uns …« »Die haben recht, Relu, du kannst Privatunternehmer werden, Regenwurmexport …« »Aber garantiert! Die Italiener werden sie auf jeden Fall kaufen, die essen ja jeden Mist.« »In der Zeitung stand, dass einer Sauerkraut nach Deutschland exportiert. Angeblich ist er voller Deutschmark, wie mein Afalic voller Flöhe ist. Und ein anderer hat auch ein Gedicht darüber geschrieben.« »Über Relu kann er ja auch eines schreiben. Warum nicht?« »Mit Regenwurm und Hund/ spaziert Herr Relu und/ der Hund ohn' Getue/ lass mir den Wurm in Ruhe.« »Jetzt hört schon auf mit dem Scheiß. Ich würde ernsthaft, so auf gut Glück, eine Annonce aufgeben: Verkaufe traditionelle rumänische Regenwürmer. Lebhaft, aus fruchtbarem Boden, ohne Pestizide. Die Westler haben nämlich einen Horror vor Chemikalien. Vielleicht findet sich ein Dummer.« »Oder die Fischer, Herr Relu. Kaufen die keine Regenwürmer?« »Die haben nicht mal genug Geld, um im Zentrum pinkeln zu gehen. Den Westlern muss man es verkaufen, die haben das Geld.« »Nagâț erzählte, dass er immer nach

Deutschland fährt. Weil die wie verrückt natürlich gewachsene Äpfel suchen, ohne Chemikalien. Nur die, die Würmer haben sind natürlich, also kosten die wurmigen ein Eckhaus.« »Herr Relu, Sie liefern die Würmer, und die sollen sehen, wie sie sie in die Äpfel reinbekommen.« »Na, komm, das gibt's doch gar nicht, dass die teurer sind!« »Ehrenwort, die wurmigen sind zwei, drei Mal so teuer.« »Fleisch hat seinen Preis, Mensch!« »Wie soll man die riesigen Regenwürmer in die Äpfel kriegen?« »Du sagst ihnen, bei uns sind die Äpfel so groß wie Wassermelonen, daher die kräftigen Würmer.« »Herr Ticu, einen Schnaps. Mein Magen dreht sich um wie ein Handschuh!« »Schön langsam, Bruder, sonst lässt du uns hier bald alleine reden, wie ein Lautsprecher!«

»Da schau, der Herr Inspektor! Was für ein zerknautschtes Gesicht der hat!« »Der tut aber ganz schön tanken. Da könnten sich die Elefanten ein Beispiel nehmen.« »Sei ruhig, womöglich hört er dich.« »Was sollte er schon hören, der ist ja schon blau wie ein Veilchen.« »Und er trinkt nicht irgendwas!« »Der kann's sich leisten. Er hat sein ganzes Leben gearbeitet, aber jetzt stirbt er qualitätsvoll ...« »Ist aber ein Angsthase, wie er im Buche steht.« »Was du nicht sagst!« »Ehrenwort. Radio Freies Europa hört er immer noch mit an den Lautsprecher geklebtem Ohr. Er meint, was ist, wenn die Kommunisten zurückkommen.« »Vielleicht hat er den Verstand verloren, der Arme!« »Oder vielleicht weiß er was.« »Hmm, oder vielleicht das.« »Und war es vielleicht so schlecht, als die Kommunisten da waren?« »Naaa, ich habe heute noch Sehnsucht danach – wegen

Fleisch Schlange stehen und kein Propangas haben, um einen Tee zu kochen.« »Trotzdem, verhungert ist keiner.« »Ich würde eher sagen, verdurstet ist keiner. Schnaps gab es ja überall, den konnte man schöpfkellenweise haben.« »Und wenn man einen Dienst antrat, bekam man eine Wohnung. Was kriegt man heute? Gar nichts!« »Als wenn er das aus seiner eigenen Tasche bezahlt hätte …« »Eben, wir waren das, die sie mit aufgesprungenen Händen gebaut haben!« »Wer? Du, der du dich schwer im Nichtstun geübt hast, hast du etwas gebaut?« »Und warum baut ihr jetzt nichts mehr? Hat euch das Großmama verboten?« »Die jetzt sind nicht einmal imstande, das neu zu streichen, was Ceaușescu gebaut hat …« »Hör mal mit deinem Neustreichen auf, sonst werden wir ganz blöde davon. Seit einem halben Jahr redest du nur mehr von Neustreichen, als ob wir die ›Woche des sauberen Betriebes‹ hätten.« »Genau, wie bei einem Wettbewerb. Unsere Abteilung für Montage-Wicklung, blütenrein. Weißt du noch, Fane?« »Und? War das vielleicht schlecht?« »Und? Wenn du bei dir zu Hause nicht alles neu gestrichen hast, war das auch wegen Ceaușescu? Trauerst du ihm nach?« »Ich verstehe nicht, was das eine mit dem anderen zu tun hat.« »Hat es. Ich erkläre es dir. Wenn früher neu gestrichen wurde, so heißt das noch lange nicht, dass es damals besser war. Das will ich damit sagen.« »Wie denn das?« »Na, vielleicht hatte ich keine Lust, irgendwas neu zu streichen. Vielleicht hatte ich ein kleines Vögelchen im Kopf, das mir sagte, ich soll leben wie ein Schwein. Weil ich es so will. Hätte ich das tun können? Nein! Ob man wollte oder nicht, ab zum Streichen, Genossen!« »Ist es vielleicht nicht besser, wenn es frisch gestrichen ist – schön, sauber?« »Und wenn du nicht mit den Genossen zum Streichen gegangen wärst … schon wär's um dich geschehen gewesen. Da warst du gleich ein Hooligan, ein Legionär*, ein Schwuler, irgendwas wärst du schon gewesen.« »Das geschieht den Faulen ganz recht. Vielleicht verdienen sie noch Schlimmeres.« »Essen haben wir keins, Genossen, aber hier, nehmt den Pinsel und tut mal streichen, damit es schön ist, denn so ist es im Kommunismus, alles muss wie neu sein, wenn der Chef kommt. Und wir legen auch ein bisschen Musik auf, damit man das Magenknurren nicht hört.« »Da schau, was er plötzlich für eine Schnauze hat. Hör schon mal auf, sonst wird dein Mund so trocken wie eine Waffel.« »Und ihr, habt ihr vergessen, dass ihr Methylalkohol durch Brotscheiben gesiebt habt? Gott sei dank brachte die Tochter von Papa Hrib immer welchen aus dem Krankenhaus mit. Ihr wärt ja sonst imstande gewesen und hättet den für die Möbel getrunken. Da würde es jetzt ein paar Gauner wie euch weniger geben.« »Da schau, wer da spricht! Als ob du nur russisches Weihwasser getrunken hättest.« »Wie der sich ärgert, als ob ich seine Propangasflasche geklaut hätte. Reg dich ab, sonst schwillt dir die Vene an, und die gibt's nicht als Ersatzteil.« »Dieser Ceau hatte doch recht, wenn er den Zornigen je einen Spaten zuteilte, und ab mit ihnen zum Kanal*. Damit sie eben ruhiger werden.« »Stimmt! Dabei war Ceau noch nett. Ich hätte einen Kanal von Botoşani nach Timişoara machen lassen und befohlen, dass sie ihn mit Wasser füllen, bis die Titanic darin wie der Schwimmer an der Angel schwebt.« »Du bist aber furchteinflößend! Wie die Mutter von Stefan dem Großen*!« »Die würden zu Bettnässern werden, wenn sie dich hörten.« »Wer soll mich hören?« »Na, die früheren politischen Häftlinge. Doch nicht die Türken.« »Über die weiß ich ja Bescheid, lauter Betrüger. Nachdem sie auf Staatskosten gegessen und getrunken haben, schön im Kühlen, damit es ihrer Haut nicht schadet, haben sie den Cişmigiu* mit Würfeln verpestet. An allen Ecken war nur mehr Spielgemurmel zu hören.« »Jetzt übertreibst du aber. Was haben die schon gegessen? Geschlagen hat man sie, das schon. So ein Essen würde nicht einmal mein Schwein Țonțonel anrühren.« »Hunger verlängert das Leben, das haben sie auch im Fernsehen gesagt, also sollten sie dankbar sein.« »Hast du aber ein feinfühliges Schwein! Genau wie sein Herrchen!« »Was hatte dann Ceau gegen die Langhaarigen, dass sie ihren Ausweis alle Meter vorzeigen mussten?« »Hej, lasst doch mal, wieso reden wir ständig von dem, was früher war? Kaum will man in Ruhe ein Glas trinken, hop!, schon kommt der Kommunismus mit an den Tisch. Ich für meinen Teil hab davon die Nase voll, von diesem ewigen Bla bla wegen dem Kommunismus. Einmal heißt es, Arbeit und Wohnung gab es für alle, dann geht's wieder um Schlangestehen fürs Brot. Ich hab' genug davon. Basta!« »Wie wär's mit einem Witz?« »Kennt ihr den mit dem Waschbecken?« »Welchen?« »Was ist der Unterschied zwischen einem Waschbecken und einer Klomuschel?« »Weiß ich nicht. Sag schon.« »Wenn das so ist, kann ich mir vorstellen, wie es bei dir zu Hause aussieht …« »Ha ha ha ha! Reingelegt!« »Blöder Witz.« »Blöd? Glaub ich nicht. Ich glaub, dir ist die Zahnprothese untern Tisch gefallen und jetzt lachst du nicht, damit man dein Zahnfleisch nicht sieht.« »Du spinnst ja! Herr Ticu, gib ihm keinen Schnaps mehr, sonst fordert er bald Nicoleta zum Tanz auf.« »Beschimpfst du mich jetzt?« »Wieso denn? Sie ist doch auch ein Mensch. Du brauchst nur ihre Arme und Beine rasieren, und schon ist sie wie neu.« »Und tanzen, nur nach dir, mein Freund. Ich bin ja ein höflicher Mensch!« »Jetzt ist es klar, du bist besoffen. Du und höflich?« »Kennt ihr den mit dem Angler?« »Ich sage nichts mehr, sonst fährt er mich gleich wieder an.« »Also, ein Angler, der nichts vom Heiraten wissen wollte …« »He, wie redest du? Du bist hier doch nicht im Parlament.« »So geht der Witz, was soll ich tun?« »Erzähl weiter, aber es soll nicht mehr vorkommen.« »Mensch, hör auf, lass ihn doch erzählen.« »Also kommt dieser Angler, der überzeugte Junggeselle, eines Morgens zum Teich und sagt zu den anderen Anglern: ›Leute, ich habe geheiratet.‹ Die kriegen fast einen Herzinfarkt! ›Wieso denn das, Gigel? Ist das wahr?‹ ›Ja, ist es‹, sagt der Angler. ›Mensch‹, sagt ein anderer, ›die muss aber schön sein, wenn du dich entschlossen hast, sie zu heiraten!‹ ›Nein‹, sagt der Angler. ›Dann wird sie wohl Geld wie Heu haben, dass man es dreimal am Tag umdrehen muss, damit's nicht schimmelt.‹ ›Auch nicht.‹ ›Oje, dann ist sie schwanger geworden und du hast dich geniert, sie nicht zu heiraten.‹ ›Nein‹, sagt der Angler ruhig. ›Dann weiß ich auch nicht. Vielleicht kocht sie so gut, dass sie in die Kochsendung bei Antenne 1 eingeladen wird.‹ ›Nein‹, sagt der Angler. ›Was hat sie dann?

Ich gebe mich geschlagen.‹ ›Du Ahnungsloser‹, sagt der Angler, ›sie ist nicht schön, nicht reich und auch keine gute Köchin, aber solche Würmer hat sie! Du würdest dich wundern, wie die Fische da anbeißen!«

»Herr Ticu, schnell, schnell! Einen Halben, mir ist so übel, dass ich gleich dran ersticke.« »Geh, ist das vielleicht ein Witz?« »Da hat es Herr Relu besser. Er braucht nicht zu heiraten …« »Ja, stimmt. Ich muss immer wieder auf das Business zurückkommen. Würden wohl die Fischer keine Regenwürmer kaufen?« »Vielleicht die Seefischer. Die würden sie *en gros* kaufen.« »Bei dem vielen Zeug, das Herr Relu liefern kann, würden die lauter Wale fangen.« »Das ist ja eine Schande, wenn Gott einem einen Garten mit so vielen Regenwürmern gibt, und man kann daraus kein Geld machen, ehrlich!« »Es ist wie in der Parabel von den vergrabenen Talern …« »Ihr spinnt wohl. Ihr führt hier Reden ohne irgendeinen Sinn.« »Also ehrlich. Ich glaube, du kannst damit Geld machen. Du verpackst sie in Plastiksäckchen zu einem halben Kilo, tust etwas Erde dazu und gibst sie denen, damit sie dann den ganzen Tag mit dem Regenwurm am Haken dastehen können.« »Wir kommen immer wieder an die gleiche Stelle zurück.« »Wir sind ja nirgends hingegangen.« »Wir sitzen den gaaanzen Tag herum und denken darüber nach, wie die Dollars in Scharen herbeiströmen.« »Im Westen wird man reich mit einer Karre voller Regenwürmer, das könnt ihr mir ruhig glauben!« »War es so, als du dort drüben Direktor warst?« »Mensch, sei nicht blöd. Die haben Regenwürmer nur in den Schulbüchern gesehen. Und wenn es nur an den Zoo ist, du verkaufst sie trotzdem.« »Oder vielleicht an einen Zirkus, wo sie durch einen brennenden Reifen springen können.« »Oder seilspringen, was?« »Damit die dummen Westler das Knöchelspiel der rumänischen Regenwürmer bewundern können.« »Dann könnten sie die Würmer auch gleich Säbel schlucken lassen.« »Streitet euch doch nicht. Ich glaube trotzdem, dass die Japaner …« »Spinnst du? Wer streitet hier denn?« »Die Japaner sind trotzdem die besten Käufer, das könnt ihr mir glauben.« »Die Chinesen, willst du sagen.« »Nein, Mensch, die Japaner. Überlegt doch mal: Trotz dem ganzen Sony- und Toyota-Zeug haben sie statt gutem Boden nur überall blanken Stein. Da verbiegt sich der Spaten dran. Das Glück springt einem da nicht aus dem Boden entgegen wie bei uns.« »Wie bei Herrn Relu vielleicht.« »He, über wen macht ihr euch jetzt lustig?« »Wenn du uns einen Wodka ausgibst, vielleicht über dich.« »Die Japaner, so toll sie sind, haben nicht die Spur von Regenwürmern …« »He, die kaufen doch nur von Leuten mit Schlitzaugen …« »Sonst zieht ihnen der Kaiser die Ohren lang, weil sie die Tradition missachten.« »He, nicht so hastig. Die Japaner haben nicht mal so viel fruchtbares Land wie das Schwarze unter dem Nagel. Dafür haben sie eine Menge Wasser überall, wo es von Fischen nur so wimmelt. Aber wie soll man diese Millionen von Fischen fangen, wenn man keine Regenwürmer hat? Habt ihr daran schon mal gedacht?« »Ja. Deswegen gibt es so viele davon.« »Eben.« »Da schau! Der Alte ist gar nicht so blöd. Kannst du's noch mal erklären?« »Gewitzt ist er!« »Ich meine, so ein Geschäft macht man am besten mit den Zigeunern. Die wissen, wie man

Geld macht. Du verkaufst ihnen die Regenwürmer *en gros*, danach sollen sie sich selbst darum kümmern.« »Ich glaube, das ist kein gutes Zeichen, wenn so viele Würmer aus der Erde kommen. Für irgendwas ist das ein Zeichen.« »Was glaubst du, woraus die Zigeuner, die in der Altstadt Mititei* und Bier verkaufen, woraus die wohl die Mititei machen?« »Na, aus Hackfleisch, es sind ja keine Grissini.« »Schon klar, aber woher nehmen die das Fleisch? All die Tierkadaver, die ihre Kinder finden, werden kleingehackt, und das geben sie den Blöden dann zu essen.« »Hör doch auf, das glaub ich nicht.« »Aber ja. Die würzen so gut, dass du's nicht mal schmecken würdest, wenn sie dir Fleisch von Außerirdischen gäben.« »So was habe ich auch schon von den Kürbiskernen gehört, die sie verkaufen. Angeblich pinkeln sie drauf, bevor sie sie rösten. Deswegen schmecken sie so gut.« »Mensch, das Ende der Welt naht, und wir kümmern uns um Zigeunerpisse.« »Der hört sich ja an wie Hleanda, Gott hab sie selig.« »Na, was glaubst du, wohin all die Hunde aus ihrem Hof geblieben sind? Die Zigeuner haben sie zu Mititei verarbeitet und der hungrigen Bevölkerung verkauft.« »Na und? Die Leute, die Mititei aus Hundefleisch essen, gehen die vielleicht nicht in Rente?« »Du machst mich ja ganz kribbelig mit deiner Rente. Die einzige Pointe, die du auf Lager hast, ist ja schon ganz abgegriffen. Wenn du das noch mal sagst, erschieße ich mich.« »Und? Wenn du dich erschießt, gehst du deswegen vielleicht nicht in Rente?« »Setzen. Ich sehe, du suchst Streit.« »Also wenn das kein Erdbeben gibt wie 1977, dann könnt ihr mich nennen, wie ihr wollt.« »Ich finde, am besten liefert Onkel Covalciuc ihnen die Ware, nimmt die Kohle und ist seine Sorgen los … Da machen die Zigeuner monatelang Mititei draus!« »Das Ekel hat doch im Fernsehen gesagt, dass sie besser schmecken als das Hühnerfleisch. Der nahm sie wie Makkaroni und ließ sie sich in den Mund fallen.« »Wisst ihr noch, wie Chaplin Haarschleifen gegessen hat?« »Ich glaube, die bewegten sich noch in seinem Magen, wenn er sie lebendig geschluckt hat.« »Wie wenn man rohe Eier schluckt.« »Wenn ein schlimmes Erdbeben kommt, bleibt kein Stein mehr auf dem anderen. Das Ende der Welt kommt, das glaube ich.« »Und die Regenwürmer sind herausgekommen, um das mit eigenen Augen zu sehen! Ha ha!« »Jetzt lachst du, aber wenn du dann ins Röhrchen blasen musst …« »Blas du mal für mich mit.« »Wenn er das tut, musst du doppelt so viel zahlen.« »Eine große Hungersnot wird kommen, das sage ich euch. Wir werden gegrillte Holzscheite und Suppe aus Holzspänen essen.« »Du hast schon das Menü für uns zusammengestellt, aber an was zu trinken hast du nicht gedacht?« »Reines Quellwasser werden wir trinken, wie das Vieh. Es wird keinen Tropfen Alkohol geben. Nicht mal zum Einreiben.« »Wenn die entdeckt hätten, was dir für Ideen kommen, hätten sie dich zum Direktor bei Oliud gemacht.« »Hm, als junger Mann war ich bei einer Schauspielbrigade dabei. Ich war der Diener, und ständig haben sie mich in die Enge getrieben, wie der Iliescu sagt, der ja wissen muss, was das heißt …« »Du hättest Schauspieler werden sollen. Da hättest du immer den Besoffenen gespielt und hättest gar kein Talent dazu gebraucht …« »Und wenn ich müde geworden wäre, hättest du übernommen, was?«

»Reluuuuu! Reluuu! Reluuu!«

»Herr Relu, jemand ruft Sie!« »Wer denn?« »Der Chef, Herr Relu!« »Ihre Frau.«

»Ich komme ja schon! Gleich!«

»Aber nicht erst morgen!«

»Was für eine Klappe sie hat! Auf Wiedersehen!« »Gute Nacht!« »Gute Nacht, Herr Relu. Schön langsam, den Aschenbecher da brauchen wir noch.« »Was für eine Klappe!« »Wenn's mit dem Schlüssel nicht geht, versuchen Sie's mal mit Draht, Herr Relu.« »Ich kann sagen, was ich will, sie hält die Klappe nicht, das kann ich euch sagen!« »Hoppla! Langsam! Hier entlang. Ich möchte doch, dass Sie mein Lokal wenigstens heil verlassen, Herr Relu.«

»Kommst du jetzt, oder soll ich schon mal ein Nickerchen machen?«

»Ich komm ja schon, hör doch auf zu keifen! Ich muss mich doch von den Leuten hier verabschieden … Was für eine Klappe sie hat!«

Zehntes Kapitel

– in dem Herr Relu Covalciuc sich ehrlich ein Glas Rum verdient und mit gemischten Gefühlen der Aufklärung des Mysteriums in seinem Garten gedenkt

Sein Blick fiel auf die große Uhr, die wie eine Eierbratpfanne geformt war und an der Wand über dem Küchentisch hing. Unwillkürlich stellte er fest, dass er jetzt schon seit sechs Stunden unruhig hin- und herging – wie die Henne, die ein Ei gelegt hat, würde seine Frau sagen. Widersprüchliche Gefühle lenkten seine Schritte einmal hierhin, einmal dorthin, so wie in den Zeichentrickfilmen, die er sich ab und zu zusammen mit seinem Enkel Claudiu ansehen musste, wo die mexikanischen Bohnen manchmal eine Figur in die unmöglichsten Richtungen katapultierten. Seit sechs Stunden also brodelte es in ihm.

Die Männer in Overalls, die am Abend zuvor da gewesen waren, hatten recht gehabt. Milicas Ältester würde jetzt umsonst kommen. Was gab es schon noch zu sehen? Was sollte er ihm noch erzählen?

Enttäuschung, Sorge, Zorn, Wehmut und das Gefühl, verraten worden zu sein, wechselten sich in rascher Folge in Herrn Covalciuc ab, überlagerten sich zum Teil und vermischten sich auf kaum voraussagbare Weise. Wenn jedem dieser Gefühle eine Farbe zugeordnet würde, so wäre das Ergebnis eines jener Bilder, vor dem bei einer Ausstellung nur sehr wenige bewundernd stehen bleiben, die meisten aber sagen, sie hätten keine Ahnung, was es bedeuten solle. Herr Covalciuc war sich über seine Gefühle selbst nicht ganz im Klaren, schrieb aber die ganze Aufregung eher seinem nicht gerade bescheidenen Kaffeekonsum zu. Um sich zu beruhigen, setzte er sich aufs Bett, nahm eine Zeitung und begann, daraus ganz eng gedrehte spitze Papierhütchen zu machen. Eigentlich hatte ihm der Arzt vor einigen Monaten jeglichen Alkohol- und Kaffeekonsum verboten. Vor allem den Alkoholkonsum. Nur dass der Arzt – der ihm von seiner Schwiegertochter, der Krankenschwester, empfohlen worden und zu dem er auf Drängen seiner Frau Geta gegangen war – am Ende in einem ruhigeren Ton zu ihm gesagt hatte: »Und wenn Sie weiter Alkohol trinken, könnten Sie jeden Moment den Verstand verlieren.« Das hatte ihn etwas beruhigt, und zwar aus einem einfachen Grund: Genau die gleichen Worte benutzte seit Jahren seine Frau. Damit war für ihn die Glaubwürdigkeit des Arztes dahin, und er neigte dazu, an ein Komplott zwischen seiner Frau, der Schwiegertochter und dem Mann im weißen Kittel zu glauben, mit dem Ziel, ihn das Fürchten zu lehren. Er konnte förmlich seine Frau hören, wie sie zu der Schwiegertochter sagte: »Und der Arzt soll ihm genau das sagen: Wenn er mit dem Alkohol so weiter macht, kann er jederzeit den Verstand verlieren. Ich zahle jeden Preis dafür.« Sie waren aber alle an den Falschen geraten.

Frau Covalciuc kam in die Küche und bot ihm eine geschälte, in vier Streifen geschnittene und gesalzene Gurke an, wobei sie missbilligend seine Tätigkeit betrachtete. Ihre Augen schienen zu sagen: Du warst doch dabei, als ich Andrei verboten habe, mit den Plastikröhren zu spielen. Tatsächlich aber fragte sie: »Willst du es mir noch immer nicht sagen?« Relu Covalciuc wusste gar nicht, was er zuerst tun sollte: in die appetitliche Gurke beißen, ihren missbilligenden Blick erwidern oder die Frage beantworten. Da sich das Bedrohliche in ihrem Blick verflüchtigt hatte und er nicht nachtragend war, beschloss er, sich dem Rest der Gurke zu widmen und dabei zu murmeln: »Ich denke noch darüber nach.«

Der ärztliche Rat war für Frau Covalciuc ein ausgezeichneter Vorwand gewesen, jeden Tropfen Alkohol unter Verschluss zu halten. Na ja, nicht wirklich unter Verschluss, aber sie versteckte ihn an den unglaublichsten Orten, an die er mit den Tentakeln seiner Vorstellungskraft nicht hinkam. Aber wie es so geht, der Zufall bewirkt oft mehr als die Vorstellungskraft, und wenn sie es am wenigsten erwartete, traf Frau Covalciuc auf einen Relu, der nach Rum roch. Dann wurde sie in Rekordzeit fuchsteufelswild, sie brauchte nicht einmal den Bruchteil einer Sekunde dazu. Ihrer beider Sohn, der zu Herrn Covalciucs großer Freude ein ausgewachsener Ingenieur geworden war, pflegte, wenn er gut gelaunt war, zu scherzen: »So gewinne ich noch den Nobelpreis: Ich werde die Entdeckung machen, dass manche chemische Prozesse mit der gleichen Geschwindigkeit stattfinden, mit der Geta Covalciuc darüber zornig wird, dass Relu Covalciuc getrunken hat. Meinen Eltern zu Ehren werde ich sie die Covalciuc-Geschwindigkeit nennen, und Claudiu wird davon in der Schule lernen, gleich nach der Schall- und Lichtgeschwindigkeit.« Doch schon vor dem Scherz hatte Geta etwas gerochen und wurde auf der Stelle zornig: »Du sagst mir jetzt sofort, wo du was gefunden hast!« Relu musste ihr dann erklären, wo er die Flasche mit dem alkoholischen Getränk gefunden hatte, ob unter dem Ziegel im hinteren Garten, in der Schuhschachtel im Schrank, in der Tasche der Lammfelljacke, die bis zum Winter mit Naftalin fortgeräumt worden war, oder an sonst einem Platz, auf den der Zufall die Fantasie seiner Frau gebracht hatte. Einmal, als der Wasserbehälter im Klo lief und Relu hinaufgestiegen war, um nachzusehen, ob der Schwimmer in Ordnung sei, was sah er da? Eine schlammbedeckte Halbliterflasche Rum. Anscheinend hatte Geta sie vergessen, was ja öfter vorkam. Relu erinnerte sich jetzt noch mit großem Vergnügen an das Aroma des kühl gelagerten Getränks.

Im Gedenken an jenen angenehmen Moment sagte er zu Geta, die gerade mit dem Rücken zu ihm etwas unter dem Tisch suchte: »Gib mir ein Glas Rum, und ich sage es dir.« Frau Covalciuc zuckte zusammen und drehte sich mit einer für ihr Alter beneidenswerten Flinkheit um. Obwohl sie ihren Ohren nicht trauen mochte, schluckte sie und sagte nichts. Sie hatte sich vorgenommen, ruhig zu bleiben. So ruhig wie möglich. Mit unschuldiger Miene drehte er ein neues Tütchen, das wegen der Aufregung viel zu weit geraten war; darin hätte er geröstete Kürbiskerne verkaufen können. Im Allgemeinen riskierte er es nicht, sich dem Verbot so offen zu widersetzen. Aber jetzt musste er die Gelegenheit einfach ausnützen.

Er hatte eigentlich gar nichts Besonderes zu erzählen. Am Tage zuvor war gegen fünf oder halb sechs am Nachmittag der älteste Sohn von Milica vorbeigekommen. Die Männer in Overalls waren noch nicht da. Milicas Sohn, der Reporter bei irgendeinem Fernsehsender war, wollte eine Reportage über die Regenwürmer machen. Geta war nicht einmal herausgekommen, um ihn zu begrüßen, als ob die Leute aus den Telenovelas sie mit Uhu am Stuhl festgeklebt hätten. Relu hatte sich aufgeregt, denn er fand, sie hätte dem Jungen wenigsten guten Tag sagen können. Nach dem Film und nachdem der Junge gegangen war, hatte Geta ihn gefragt, was er gewollt habe, und Relu hatte trocken geantwortet: »Wenn es dich so interessiert, hättest du ja wenigstens für eine Minute herauskommen können.« Jetzt versuchte er, die Situation auszunützen.

»Meinetwegen«, knurrte Frau Covalciuc nach einer Weile. Und ging hinaus, um ein Kännchen Rum zu holen. Instinktiv hörte Herr Covalciuc angestrengt hin. Obwohl sie die Küchentür zugemacht hatte, war sich Herr Covalciuc sicher, dass sie nicht aus dem Haus gegangen war, sondern nur in den Flur und von dort auf Zehenspitzen in das Zimmer links. Was bedeutete, dass der Rum nicht weit weg war. Herr Covalciuc kombinierte. Geta hatte die Eingangstür nur zum Schein zugeknallt, also ohne hinauszugehen, nur damit er glaubte, die Flasche befinde sich irgendwo draußen. Ihr Sinn für Ordnung und Sparsamkeit ließ sie keine Türen zuknallen, sie machte sie immer vorsichtig zu. Sie knallte sie nicht einmal dann zu, wenn sie wütend war, aus Angst, das Glas könnte kaputtgehen. Daher kam ihm das Geräusch der zugeknallten Eingangstür allzu demonstrativ vor. Folglich befand sich die Flasche irgendwo im Haus, was das zu erforschende Gebiet für ihn beträchtlich eingrenzte. Sosehr er sich auch bemühte zu erraten, in welchem Zimmer sie sich befand, er kam zu keinem verlässlichen Ergebnis. Er näherte sich der Tür mit höchster Aufmerksamkeit, doch er hatte kein Glück. Geta schien sich auf einem Luftkissen zu bewegen. Das Geräusch eines umfallenden Stuhls, gefolgt von dem umgeworfener Kochtöpfe, überraschte ihn. »Kochtöpfe? Wo denn das?« Der Lärm kam eindeutig vom Flur, aber dort befanden sich seines Wissens keine Kochtöpfe. Er meinte, Schritte in Richtung Küche zu hören und zog sich auf das Bett zurück. Das Rätsel der Kochtöpfe ließ ihm keine Ruhe. Vielleicht nur eine Falle? … Nein, sie hatte nicht die Zeit gehabt, ein so kompliziertes Manöver einzufädeln. Also? Also … Oh ja, die Kochtöpfe befanden sich auf dem Dachboden, und im Flur befand sich die Falltür zum Dachboden. Meistens nahmen sie eine Leiter, um dorthin zu gelangen, aber man konnte dazu auch einen Stuhl auf den Tisch stellen, vor allem, wenn man nur an die Sachen wollte, die sich in der Nähe der Falltür befanden. Darunte befand sich auch ein Satz Kochtöpfe, den sie bei den Bessarabiern auf dem Markt gekauft hatten und den Geta für Anlässe aufbewahrte, die nur sie kannte. Wahrscheinlich für das Begräbnis.

Herr Covalciuc war stolz auf seine Schlussfolgerungen und lächelte zufrieden. Als Geta leicht hinkend und mit einem zu drei Vierteln vollen Glas Rum in die Küche trat, drehte er bereits seelenruhig an einem neuen Papiertütchen. Das unvergleichliche Aroma des Rums erfüllte den ganzen Raum. Frau Covalciuc stellte das Glas auf die Anrichte und setzte sich ächzend auf einen Stuhl. Sie begann ihr Bein zu massieren. Relu Covalciuc ließ sich nicht lange bitten. Er schnupperte zunächst an dem Glas, nahm dann sichtlich erfreut einen Schluck und ließ die Flüssigkeit für einen Augenblick die Zahnprothese benetzen. Danach fing er an, seiner Frau über die Begegnung mit dem jungen Mann zu berichten. Er begann mit der Feststellung, dass Milicas ältester Sohn gar nicht dumm sei, eine Feststellung, die Frau Covalciuc jedoch offenbar kaum beeindruckte. Der Junge hatte von den unheimlichen Begebenheiten in ihrem Garten gehört und wollte eine richtig »coole« Reportage darüber machen. Dafür reichte aber der Regenwurmhaufen nicht aus. Richtig »cool« wäre es gewesen, wenn in der Nähe ein Kadaver gefunden worden wäre – genau das hatte er gesagt –, am besten der eines bekannten »Typen«. So redet man anscheinend beim Fernsehen, ohne Umschweife, sie haben keine Zeit, Rücksichten zu nehmen. Ihr Leben ist hektisch, sie müssen sich mit knappen Worten ausdrücken. Alles auf der Welt passiert ganz schnell. Alles fällt im Nu in sich zusammen, und ihre Aufgabe ist es, das Desaster live zu bringen. Da, wo ein Gemäuer zu langsam in sich zusammenfällt, gibt man ihm einen hilfreichen Tritt, denn der Fall muss spektakulär sein. Den Tritt schneidet man dann sowieso heraus. Es wäre also etwas mehr nötig gewesen als ein Haufen Regenwürmer, und Relu wurde um Hilfe gebeten. Hatte er nicht vielleicht ein Kreuz an der Stelle gefunden? Er solle gut überlegen … Oder vielleicht habe jemand in der Umgebung die Muttergottes gesehen? Er solle gut überlegen … Vielleicht hatte eine Hexe in der Nähe irgendeinen Zauber gesprochen? Sonst konnte er nicht viel für sie tun. Höchstens eine Meldung von ein, zwei Minuten.

Covalciuc hatte die ganze Zeit den jungen Mann betrachtet, der sich eine Zigarette nach der anderen anzündete (»so ist es beim Fernsehen, die rauchen alle wie türkische Dampfer, ha ha!«). Die Sonnenbrille ruhte oben auf seinem Kopf, wie bei einem Schweißer, der Mittagspause hält, und Relu fand an ihm gar nichts von dem kleinen Jungen wieder, der bis vor Kurzem noch auf einem Weidenast geritten war und auf den gelöschten Kalk gespuckt hatte, damit es schäumte. Jetzt war er von oben bis unten in Jeans gekleidet, rauchte Filterzigaretten und hatte sich einen Bart wachsen lassen. Man hätte nie vermutet, dass er nur auf ein armseliges Provinzgymnasium gegangen war. Anfangs war Covalciuc über seine forsche Art zu reden etwas verwundert gewesen, aber letztlich hatte er seine Sympathie gewonnen. Vor allem, als Covalciuc erfahren hatte, dass er die wahre Journalistenschule eigentlich hier in der Vorstadt besucht hatte, wo er gelernt hatte, neugierig und frech zu sein, Eigenschaften, die in diesem Beruf lebensnotwendig sind. Da hatte er von Milica gewiss viel lernen können.

Frau Covalciuc hörte aber gar nicht mehr zu. Sie hatte sich ein Handtuch von der Stuhllehne gegriffen, legte es um die Henkel eines Topfes mit kochendem Wasser und ging damit in Richtung Hof.

»Milicas Bub hatte auch einen Wodka bei sich, damit wir zusammen was trinken konnten«, versuchte er, weiter zu berichten, aber es war bereits zu spät. Nach ihrem schmollenden Schweigen zu urteilen, fühlte sie sich über den Tisch gezogen, und jetzt tat es ihr leid, den Rum geholt zu haben. So ist das Leben, dachte Herr Covalciuc und lächelte innerlich, während er die Flüssigkeit im Glas kreisen ließ, um ihr Aroma neu zu entfachen.

Allein geblieben, schlürfte er den Rum in homöopathischen Mengen, wobei er sich mehr auf die Wärme konzentrierte, die der Alkohol auf seinem Weg durch die Speiseröhre erzeugte, als auf den Geschmack oder den köstlichen Geruch. Er atmete gleichzeitig durch Mund und Nase aus, um den Geruch des in der Mundhöhle erwärmten Rums zu genießen, der anders roch als die kalte Flüsssigkeit im Glas.

Seine Gedanken kehrten (zum wievielten Male an diesem Tag?) zu der traurigen Begebenheit des Morgens zurück. Er war hinausgegangen, um die Kurbelwelle von der Tür des Hühnerstalls zu entfernen und mit der gleichen Freude wie immer die gesegneten Körner zu verstreuen. Die Hühner hatten sich wie eine Schaumwelle alle auf einmal kreischend und flatternd darauf gestürzt. Er ließ sie gewähren, ging zu dem Tor mit dem Eisenbetonrahmen, stieß es auf und trat in den Garten. Obwohl man ihn vorgewarnt hatte, wunderte er sich nicht schlecht, als er sah, dass die Regenwürmer verschwunden waren. Nur die Spuren einer Schlacht auf Leben und Tod waren noch zu sehen. Etwas in seiner Brust zog sich zusammen; eine unerklärliche Reue überkam ihn. Auf dem Schlachtfeld lagen im Morgengrauen die weißlichen Leichen, manche davon zu einem Viertel in die Erde gebohrt, wie Transistoren auf den Platten eines kaputten Radios. Der jetzt trocken und brüchig gewordene Schleim, der in vielen Farben schillerte, zeichnete verschlungene Pfade nach. Die Pflanzen, die unter die stille Invasion der Würmer geraten waren, standen verdorrt da, ihre Blätter hingen herab wie Trauerfahnen. Nein, er freute sich nicht darüber, dass er die Plage losgeworden war. Warum sollte er es nicht zugeben? Er hatte sich an sie gewöhnt. Einmal, als er gut gelaunt gewesen war, hatte er sie sogar mit »Na, wie geht's euch heute?« begrüßt. Die gleiche bedrückte Stimmung befiel ihn, wenn er die letzte Folge einer Serie sah, die er mochte, auch wenn seine Lieblingsgestalten mit dem Leben davonkamen und glücklich und zufrieden bis an ihr Lebensende weiterlebten.

Die Leute von RENEL* hatten also recht behalten! Ihre Erklärung war richtig gewesen. Die Regenwürmer waren infolge eines Stromstoßes an die Oberfläche gekommen. Am Abend zuvor waren sie dagewesen und hatten gefragt, ob seine elektrische Kreissäge im Schuppen funktioniere. Er hat nachgesehen, und nein, sie funktionierte nicht. »Ha, das ist es!«, sagten sie und stiegen auf den Mast, an dem sie erst vier Tage zuvor etwas repariert hatten. Soweit er verstanden hatte, hatten die Männer in Overalls irrtümlich ein stromführendes Kabel geerdet. Der Strom floss daher in die Erde, und die Kontrollstation hatte enorme Verluste im Netz verzeichnet. So waren die Männer also losgezogen, um nach der Fehlerquelle zu suchen, Mast für Mast. Das war ein verflixtes Problem, erklärte der Mann mit dem Schnurrbart, denn da der Stromkreis dreiphasig war, betraf die Störung nicht die Stromversorgung der Häuser, folglich war in die Zentrale keine Beschwerde eingegangen. Deswegen war es so schwer, den Fehler zu finden. Und da er, Covalciuc, der Einzige mit dreiphasigem Stromkreis war, der an den Mast angeschlossen war, wurden die Regenwürmer in seinen Garten heraufgetrieben.

Nach der Reparatur waren die Männer noch auf ein Gläschen geblieben. Er hatte ihnen erzählt, dass nicht einmal die Hühner die Regenwürmer gewollt hatten, so verschreckt waren sie gewesen. »Fast hätten wir Ihren Hühnern einen tödlichen Stromschlag verpasst, Herr Covalciuc. Ha ha!« Als ob das zum Lachen wäre. Sie plauderten. Die Männer verdienten gut, sie waren zufrieden. Sie erklärten ihm, dass der Strom nicht durch seinen Zähler gegangen war, da könne er beruhigt sein, alles werde unter Verluste verbucht. »Das Volk zahlt. Ha ha!« Und die Regenwürmer würden wohl auch ohne offizielle Entschuldigung seitens des RENEL-Direktors in ihre Löcher zurückkehren. Die Ferien gingen zu Ende, die Kinder mussten zur Schule, und die Schulsachen waren sehr teuer. Aber sie verdienten ganz gut, denn alle brauchten Strom. Strom und Brot.

Sie tranken die Flasche zu Ende, stiegen in ihren Laster mit dem beweglichem Kranarm, und weg waren sie. Er hatte ihnen nicht so ganz geglaubt. Genauer gesagt, er war nicht überzeugt, dass dies der Grund gewesen war, warum die Regenwürmer herausgekommen waren. Doch jetzt, am Morgen, musste er feststellen, dass es doch so war. Jetzt hätte er dem ältesten Sohn von Milica gar nichts mehr zum Filmen zeigen können. Wenn er doch käme, würden sie vielleicht zusammen eine Zigarette rauchen oder auch ein Glas Wein trinken. Er hätte ihn auch gern nach den Leuten gefragt, die er täglich im Fernsehen sah. Geta hätte das noch viel lieber getan. Aber jetzt, wo die Regenwürmer ihre Armeen zurückgezogen hatten – »Auf Wiedersehen, ihr Kerlchen!« –, ließ sich da nicht mehr viel machen. Vielleicht würde Geta den restlichen Rum vom Dachboden holen. Es wäre auf jeden Fall schade, wenn der Rum seine wunderbare Blume verlöre. Oder vielleicht hatte Geta irgendwo ein Fläschchen Wodka versteckt, in einer Regenrinne oder in einem Sack Mehl. Nicht ausgeschlossen. Es wäre schön gewesen, wenn der Strom nicht nur die Regenwürmer, sodern auch die von den Ehefrauen versteckten Flaschen ans Tageslicht gebracht hätte. Dann wären die Flaschen wie die Hasen aus allen Ecken und Verstecken hervorgehüpft, und seit Jahrhunderten vergrabene Fässer wären ächzend an die Oberfläche gekommen wie U-Boote.

Mit hochgekrempelten Ärmeln und nassen Händen kam Frau Covalciuc in die Küche zurück und hielt Ausschau nach einem nur ihr bekannten Objekt. Ihren Mann beachtete sie nicht. Obwohl Herr Covalciuc wusste, dass es in solchen Situationen nicht ratsam war, sich bemerkbar zu machen, nahm er gedankenverloren zweimal je einen winzigen Schluck. Frau Covalciuc verzeichnete dies auf der endlosen Liste von Rücksichtslosigkeiten ihres Mannes, schnaufte also missbilligend und griff sich die Chlorflasche, die hinter einem Bein des Gasherds stand. Relu konnte nicht anders, als es weiterhin zu bedauern, dass die Männer von RENEL recht gehabt hatten und dass durch das Ereignis in seinem Garten eben doch nicht das Ende der Welt angekündigt worden war, ja nicht einmal ein tüchtiges Erdbeben, das die Fernseher und die Gläser in den Wohnzimmervitrinen richtig durchgerüttelt hätte. Wenn die anderen Anwohner in seiner Straße den wahren Grund der Invasion erfahren würden – falls sie ihn nicht schon erfahren hatten –, würden sie sicher hämisch lachen und ihn bezichtigen, er habe von Anfang an gewusst, was los war. Sie würden ihm vorwerfen, dass er heimlich lächelnd ihren lebhaften Diskussionen beigewohnt, dass er sie auf den Arm genommen habe. Deswegen hatte er noch gar keine Lust, aus dem Haus zu gehen, nicht einmal in den »Traktor«. Er sah es vor sich, wie Herr Petrică ihn nachahmte, ihn beim Erzählen der ganzen Geschichte nachäffte, ihm die Worte im Mund verdrehte und mit seinem Talent die anderen zum Beipflichten oder zum spöttischen Lächeln brachte. »Jetzt auf ihre alten Tage haben Sie also angefangen, Regenwürmer zu wildern, Herr Relu?« Er konnte Mitu förmlich hören. Dabei hatte er nicht einmal richtig Aufsehen erregt. Nach drei mickrigen Tagen hatten die Regenwürmer kehrtgemacht und sich zurück in die Erde verzogen, als hätten sie Angst davor, gefilmt zu werden. Sogar über das Haus des Oberst, das partout keinen Riss kriegen wollte, hatte man mehr gesprochen, ganz zu schweigen von der Zeit vor der Revolution, über die beim geringsten Anlass ausgiebig und herzerwärmend getratscht wurde (so Papa Hrib).

Nichts war jetzt mehr so wie früher! Damals war irgendwie jedes Ereignis wichtiger gewesen, und es ging ein stärkeres und länger anhaltendes Raunen durch die Straße. Jetzt war das nicht mehr so. Zwischen fünf und sechs Uhr brachte keiner mehr dein Tor zum Quietschen, da könnte der Regenwurmberg so groß wie der Everest sein. Alle verbarrikadierten sich in ihren Häusern und sahen fern. Wenn du auf die Straße hinausgehst, triffst du niemanden, außer spielenden Kindern. Wenn dir in einem solchen Moment, Gott bewahre, schlecht würde, wäre niemand da, der dir ein Glas Wasser bringen könnte. Das ist nicht der geeignete Moment für eine Herzattacke und schon gar nicht, um den letzten Weg anzutreten. Da würden nur die nächsten Verwandten kommen, voller Gram, dass sie deswegen eine Folge ihrer Lieblingsserie im Fernsehen verpassen. Früher hingegen … da war es ganz anders. Die Nachricht von deinem Tod hätte die ganze Straße elektrisiert, hätte blitzschnell die Stadt durchquert, und deine Kollegen hätten für einen Kranz gesammelt. Sie hätten vom Betrieb einen Tag frei bekommen, und mit etwas Glück hätte dich auch der Chefingenieur auf deinem letzten Weg begleitet. Wenn er, Relu, jetzt plötzlich sterben würde, kämen vielleicht ein paar Nachbarn zusammen, vielleicht auch alle, aber sie würden sich von der Totenwache wegschleichen, um den Film oder die Nachrichten im Fernsehen nicht zu verpassen, und bestimmt würde es keiner aus dem Betrieb erfahren, in dem er über dreißig Jahre gearbeitet hatte und wo jetzt von einigen tausend Arbeitern nur noch ein paar hundert übriggeblieben waren, plus dem Pförtner, der sich von einem Lohn zum nächsten durchhungerte. Schon gar nicht würde die ganze Stadt davon erfahren, wie er es vielleicht verdient hätte. Jetzt rückten nicht einmal mehr die arbeitenden Menschen gutmütig zusammen, so wie seine Hühner, sondern liefen jeder in eine andere Richtung, um Privatunternehmer zu werden. Vielleicht hatte er deswegen einst darum gebetet, in das Hühnerparadies eingehen zu dürfen. Er wurde von einer lauen Traurigkeit übermannt, die ihm Tränen in die Augen trieb.

Als Frau Covalciuc wieder in die Küche kam, erwischte sie ihn dabei, wie er gerade das Glas an die Lippen hielt. Er hätte einen Satz erwartet wie: »Du klebst ja förmlich an dem Glas!« Aber sie sagte: »Her mit dem Hemd!«, was ihn durcheinanderbrachte. »Schau nicht so blöd, zieh das Hemd aus und gib es zum Waschen her, siehst du nicht, wie schmuddelig es ist?« Auch wenn Herr Covalciuc ihr nicht unbedingt zustimmte, tat er wortlos, was sie sagte. Der letzte Fingerbreit Rum, der im Glas geblieben war, hatte seine Farbe verändert.

Vom Weinlaub gefiltert, drang Lärm von der Straße zu ihm. Jemand schrie verärgert. Eine Scheibe zerklirrte. Im Unterhemd und mit dem Glas in der Hand ging er zum Tor hinaus. Frau Covalciuc stand bereits dort und hielt vor Überraschung die Hand vor den Mund. Vor dem Tor Matildas, der Schneiderin, stand ein behelmter Motorradfahrer, den Titi Romanciuc, Matildas Mann, beim Revers gepackt hatte. Coca, die Tochter der Romanciucs, weinte bitterlich in den Armen ihrer Mutter. Relu hatte schon so etwas läuten gehört, dass die Eltern mit dem Freund der Tochter nicht einverstanden waren, aber er hätte nie angenommen, dass es so weit kommen würde. Titi versetzte dem Motorradfahrer einen kräftigen Schlag, sodass ihm der Helm wegflog und den Abhang hinunterrollte, bis dorthin, wo das Unkraut beginnt. Die Hühner pickten neugierig daran. Der Motorradfahrer befreite sich aus Titis Griff und wich gewandt einem zweiten Schlag aus.

In diesem Moment wurde Herrn Covalciuc klar, dass kein Mensch mehr über die Begebenheit in seinem Garten reden würde, selbst wenn sich der Grund für den Rückzug der Regenwürmer in der ganzen Straße herumsprechen sollte.

Er trank den letzten Schluck Rum.

Der war nun warm, verfärbt und ohne Aroma. Relu Covalciuc fand, er schmeckte nach Pisse.

*Glossar zu den im Text mit * markierten Namen und Begriffen*

Brucan, Silviu: Altkommunist, der 1989 sehr »revolutionär« auftrat.
Cişmigiu: große Parkanlage im Zentrum Bukarests
Dacia: in Rumänien produzierte Automarke (Renault-Lizenz)
Dej = Gheorghiu-Dej, Gheorghe: der Vorgänger Ceauşescus
Der Erschossene, Durchsiebte, Durchlöcherte, Verblichene: Spitznamen für Nicolae Ceauşescu
23. August: Nationalfeiertag zu kommunistischen Zeiten, »Tag der Befreiung« durch die Sowjetarmee
Goma, Paul: Dissident
Iliescu, Ion: Altkommunistischer Präsident Rumäniens. Er bekam den Spitznamen »Großmütterchen«.
Jilava: ein gefürchtetes Gefängnis für politische Häftlinge
Kanal: Kanal zwischen der Donau und dem Schwarzen Meer, ein Großbauvorhaben, das mit der Arbeitskraft von politischen Häftlingen vorangetrieben wurde. Viele von ihnen haben die Strapazen nicht überlebt.
Legionäre: Mitglieder der *Eisernen Garde*, einer rechtsgerichteten Organisation aus der Zwischenkriegszeit
Mititei: Rumänische Cevapcici: kleine gegrillte Röllchen aus Hackfleisch
Postelnicu, Bobu: Mitglieder des damaligen Zentralkomittees
Raţiu, Ion: Chef der nationalen christlich-demokratischen Bauernpartei (konservativ), einer historischen Partei, die nach 1989 neu gegründet wurde. Ratiu hatte zu kommunistischen Zeiten viele Jahre im englischen Exil verbracht.
RENEL: die staatliche Strom- und Gasversorgungsgesellschaft
Stefan der Große (1457–1504): Herrscher Moldovas, berühmt u. a. dafür, dass er unzählige Attacken der Türken und Tataren abgewehrt hat.
Vereinigung: Gemeint ist die Vereinigung der rumänischen Prinzipate 1859.